Sophie

Volume 3

la courte échelle

Les éditions de la courte échelle inc.
160, rue Saint-Viateur Est, bureau 404
Montréal (Québec) H2T 1A8
www.courteechelle.com

Dépôt légal, 4ᵉ trimestre 2011
Bibliothèque nationale du Québec

La courte échelle reconnaît l'aide financière du gouvernement du Canada
par l'entremise du Fonds du livre du Canada pour ses activités d'édition.
La courte échelle est aussi inscrite au programme de subvention globale du
Conseil des Arts du Canada et reçoit l'appui du gouvernement du Québec
par l'intermédiaire de la SODEC.

La courte échelle bénéficie également du Programme de crédit d'impôt
pour l'édition de livres – Gestion SODEC – du gouvernement du Québec.

**Catalogage avant publication de Bibliothèque et Archives nationales
du Québec et Bibliothèque et Archives Canada**

Leblanc, Louise

    Sophie

    Chaque œuvre a été publ. séparément à partir de 1992.
    Sommaire : v. 3. Ça val mal pour Sophie ; Sophie part en voyage ;
    Sophie prend les grands moyens ; Sophie veut vivre sa vie.
    Pour enfants de 7 ans et plus.

    ISBN 978-2-89651-440-3 (v. 3)

    I. Gay, Marie-Louise. II. Titre.

PS8573.E25S6656 2009   jC843'.54   C2009-941655-7
PS9573.E25S6656 2009

Imprimé au Canada

Louise Leblanc

Est-ce que Louise Leblanc ressemble à Sophie ? Nul ne le sait. Ce qui est certain, c'est que la petite Louise adorait lire des poèmes. En grandissant, elle a exercé plusieurs métiers : journaliste, scénariste, professeure de français et même mannequin ! Depuis, elle écrit des livres et c'est ce qu'elle préfère. Mais elle adore aussi faire du sport pour se changer les idées, jouer du piano pour se délier les doigts, faire du théâtre ou du mime pour inventer des personnages, et danser pour le plaisir !

Marie-Louise Gay

À l'âge de seize ans, Marie-Louise Gay se met à dessiner. Elle a exploré divers univers : caricature, animation, bande dessinée, marionnettes… Mais depuis près de vingt-cinq ans, elle se consacre aux livres pour enfants en illustrant ses propres livres ou ceux d'autres auteurs. Elle aime les pages pleines de couleurs et de rêves. Comme elle passe beaucoup de temps à sa table à dessin pour les créer, elle aime bien aller se promener pour se détendre une fois son travail terminé ! Et parfois — mais chut, c'est un secret —, elle danse dans son atelier au son de la musique. Peut-être pour mieux attirer les idées !

De la même auteure à la courte échelle

Collection Albums
Le chevalier de l'alphabet

Collection Premier Roman
Série Sophie:
Ça suffit, Sophie !
Sophie lance et compte
Ça va mal pour Sophie
Sophie part en voyage
Sophie est en danger
Sophie fait des folies
Sophie vit un cauchemar
Sophie devient sage
Sophie prend les grands moyens
Sophie veut vivre sa vie
Sophie court après la fortune
Sophie découvre l'envers du décor
Sophie part en orbite
Sophie défend les petits fantômes
Sophie est la honte de la famille

Série Léonard:
Le tombeau mystérieux
Deux amis dans la nuit
Le tombeau en péril
Cinéma chez les vampires
Le bon, la brute et le vampire
Un vampire en détresse
Le secret de mon ami vampire
Les vampires sortent de l'ombre

Hors collection Premier Roman
Série Sophie:
Sophie, volume 1
Sophie, volume 2

Sophie voyage !

Les lecteurs de plusieurs pays du monde connaissent bien Sophie ! En effet, ses aventures sont traduites en anglais, en espagnol, en grec, en danois, en slovène et en arabe.

Louise Leblanc à l'honneur

- Sélection White Ravens de la Bibliothèque internationale de Munich pour *Le chevalier de l'alphabet* (2005)

- Prix Québec/Wallonie-Bruxelles du livre de jeunesse pour *Deux amis dans la nuit* (1998)

- Premier prix, Palmarès des clubs de lecture Livromagie pour *Sophie lance et compte (1993)*

Louise Leblanc

Ça va mal pour Sophie

Illustrations
de Marie-Louise Gay

la courte échelle

1
Sophie n'aime pas l'opéra

C'est le printemps! Le ciel est bleu, les oiseaux chantent, et tout le monde est joyeux. Tout le monde, sauf moi.

Et vous savez pourquoi? Parce que je voulais écouter de la musique et que je n'ai pas pu. Ce n'est pas compliqué, je ne peux jamais faire ce qui me plaît.

Dans le salon, mes parents avaient mis de l'opéra. C'est une sorte de musique qui dure longtemps. Avec des voix énervantes et des rires de sorcières.

Ma petite soeur, Bébé-Ange-Croton-d'amour, faisait la sieste.

Je me demande comment elle réussit à dormir avec tout ce vacarme.

Je suis descendue au sous-sol. Mais là, mon frère Julien regardait *Tintin sur la lune* pour la centième fois.

Mon frère Laurent, lui, jouait à la guerre. Quand l'armée des monstres attaquait, il lançait des cris bizarres et horribles.

Je suis vite remontée. Et j'ai dit à mes parents que j'avais trouvé une solution à mon problème.

Au même moment, un des chanteurs d'opéra s'est mis à rire. Un rire effrayant. J'étais certaine que mes parents n'avaient rien entendu. Alors, j'ai crié:

— SI J'AVAIS UN WALKMAN, MOI AUSSI, JE POURRAIS ÉCOUTER

Ça va mal pour Sophie

DE LA MUSIQUE!

Je ne suis pas chanceuse, par-ce que le chanteur s'était arrêté.

— Il me semble que tu pour-rais le demander autrement, m'a reproché mon père.

Il s'est tout de même informé:

— Combien coûte-t-il, ce fa-meux baladeur?

— Seulement cinquante dol-lars!

— CINQUANTE DOLLARS! a seulement répété ma mère.

— Commence par amasser un peu d'argent, et on en reparlera, a proposé mon père.

Ma mère l'a approuvé:

— On pourrait te donner 25 ¢ chaque fois que...

Pendant qu'elle faisait la liste des petits services que je pour-rais rendre, tous les chanteurs d'opéra ont commencé à hurler. Et il y a eu un grand fracas de métal et de tambours.

Croton-d'amour s'est réveillée et elle s'est mise à pleurer.

Je trouvais qu'il y avait beaucoup de bruit pour faire des calculs. Alors, je suis sortie de la maison.

Et puis je pense que mes parents n'étaient pas contents. C'est même certain. Ils m'ont dit que j'avais réveillé Croton-d'amour.

INCROYABLE!

2
Ça va mal
pour Sophie

En tout cas, il n'est pas question de renoncer à mon baladeur ZESTE, parce que... parce que j'en veux un. Ce n'est pas plus compliqué.

Quand je l'ai vu dans le journal, cela a été le vrai coup de foudre. On dirait un gros bonbon au citron. Ça doit être pour ça qu'il s'appelle ZESTE.

En plus, il paraît que ZESTE est un très bon appareil. C'était écrit en grosses lettres jaunes dans le journal:

UN SON MAGIQUE!

APPUYEZ SUR LA TOUCHE ZESTE

*ET VOTRE CHANTEUR PRÉFÉRÉ
ARRIVE DANS VOTRE CHAMBRE.*

Vous vous rendez compte!

Moi, j'aimerais bien que Puck Voisine vienne dans ma chambre. FIOU!

Il faut que je réfléchisse. Je ne suis pas certaine que le plan de mes parents soit un bon plan.

Je vais aller dans l'arbre qui sépare notre jardin de celui des voisins. Comme il n'y a pas de voisins depuis un an, je suis sûre d'avoir la paix.

Mon père dit que c'est un arbre *hors du commun*. Ça veut dire extraordinaire. Moi, je le trouve super, avec ses neuf troncs qui partent dans toutes les directions.

J'écarte les premières branches, qui touchent presque le

sol. Je m'installe au centre, là où il y a un tapis de mousse plus doux que le tapis du salon. Et je commence à réfléchir.

1) Le baladeur Zeste coûte 50 $. C'est TRÈS cher, mais je ne l'ai pas dit à mes parents, évidemment.

2) Dans ma tirelire, j'ai seulement 11,38 $. Ce n'est pas beaucoup.

3) Il faut que je calcule la différence entre 50 $ et 11,38 $... Cela fait... euh... exactement... environ 40 $. FIOU!

4) Je pense que je vais refuser la proposition de mes parents. Si je travaille pour eux, j'aurai mon baladeur Zeste à 95 ans.

Je ne sais pas si vous vous rendez compte du nombre de services à 25 ¢ que je devrai rendre pour amasser 40 $! Moi, je ne ferai même pas le calcul.

5) Je ne peux pas travailler à l'extérieur de la maison. Mes parents ne voudraient pas, c'est certain. Et puis il y a beaucoup trop de chômage.

Comme je ne peux pas gagner de l'argent, je pourrais peut-être... en emprunter! Ça, c'est un bon plan! Je vais emprunter de l'argent. Ce n'est pas plus compliqué. Mais à qui...?

AÏE! Je viens de recevoir quelque chose sur la tête!? J'espère que ce n'est pas l'oiseau qui habite au-dessus qui a échappé un de ses oeufs. Ou... qui vient d'aller aux toilettes! Non, je n'ai rien dans les cheveux. Fiou!

J'épluche tout le feuillage et

Ça va mal pour Sophie

là... Je n'en reviens pas!

Savez-vous qui est perché sur une branche de mon arbre?

Une petite fille... un peu bizarre! On dirait qu'elle a une lavette sur la tête. Et elle a des cheveux NOIRS et RAIDES! Une vraie PUNK!

Grrr! Moi qui voulais avoir la paix.

— SOPHIE! SOPHIE, LE REPAS EST PRÊT!

Pour une fois, je suis contente que ma mère m'appelle. Je quitte mon arbre et je cours vers la maison.

Quelle journée! Ça va mal...

3
Sophie n'a pas faim

— Tu n'as pas l'air dans ton assiette, toi?

C'est ce que me dit ma mère au moment où j'arrive dans la cuisine. Et comme d'habitude, mon père ne me laisse pas le temps de m'expliquer:

— Si c'est à cause du baladeur, ce n'est pas le moment d'en discuter. Quand on mange, il faut rester calme.

Je reste très calme et je réponds:

— Le BALADEUR!? J'ai d'autres problèmes que ça!

En dedans de moi, je suis loin

d'être calme. Et je réponds à mes parents ce que je leur répondrais si je pouvais leur dire ce que je pense:

«C'est facile d'être calme, quand on a beaucoup d'argent et qu'on peut s'acheter tout ce qu'on veut. MÊME SI LES AUTRES NE SONT PAS D'ACCORD.»

— C'est quoi, un baladeur? demande Julien.

Ce n'est pas long que je lui dis ce que je pense:

— C'est un appareil qui permet d'écouter de la musique pendant que tu regardes *Tintin sur la lune*!

— Pourquoi veux-tu que j'écoute de la musique, alors que je regarde *Tintin sur la lune*?

Je ne réponds pas à Julien, parce que je suis trop découragée. Personne ne comprend rien, dans cette maison. Ce qui est terrible, c'est que personne ne s'en rend compte.

Julien croque une branche de céleri en me regardant comme si j'étais folle.

Laurent mange une olive en rigolant. Quand il a terminé, il me lance le noyau d'olive dans un oeil.

Je ne l'ai pas reçu dans l'oeil, parce que je me suis penchée. Le noyau est passé tout droit. Et il est allé atterrir à côté du pied de ma mère.

Ma mère a marché sur le noyau. Mais elle n'est pas tombée. Elle a seulement échappé le plat de moutarde qu'elle avait dans les mains.

Il y a de la moutarde partout. Surtout dans la purée de carottes de Croton-d'amour.

Croton-d'amour prend une ÉNORME bouchée de purée. Et elle la crache aussitôt en s'étouffant.

Il y a de la purée partout. Surtout sur la chemise de mon père, qui commence à s'énerver.

J'aurais envie de lui dire qu'il faut rester calme pendant le

repas. Je me contente de parler
à ma mère:

— Avec tout ça, je n'ai plus
très faim.

Je ne suis vraiment pas chanceuse, aujourd'hui. Au même
moment, ma mère dépose devant moi un hamburger trois
étages et une montagne de frites.

«DES FRITES! YOUPI! SUPER!
MON PLAT PRÉFÉRÉ!»

Évidemment, ce n'est pas ce

que je dis. Comme une idiote, je répète:

— Je n'ai vraiment pas faim.

Enfin, ma mère s'inquiète:

— Si tu n'as pas envie de frites, c'est que ça va mal. QU'EST-CE qu'il y a?

Puisque quelqu'un s'intéresse à moi, j'en profite pour raconter l'histoire de la petite fille bizarre qui était dans mon arbre. Et pour

manger autant de frites que je peux sans que les autres s'en aperçoivent.

Vous savez comment? D'abord, il ne faut pas faire de trous dans la montagne de frites. Ce n'est pas compliqué. Il suffit de replacer les frites en tas chaque fois qu'on en prend une.

Puis il ne faut pas montrer qu'on est content de manger des belles frites dorées et croustillantes. Ça, c'est plus difficile, parce qu'il faut continuer d'avoir l'air de mauvaise humeur.

Je pense que j'ai réussi, car mon père me dit:

— Tu ne vas pas rester de mauvaise humeur jusqu'à ce que les voisins déménagent! Ils viennent d'arriver!

Mon père rit comme s'il venait

de dire quelque chose de drôle.

— Il doit bien y avoir assez de place pour deux petites filles dans un si gros arbre, non? Qui sait, vous allez peut-être devenir des amies!

J'avale deux, trois frites, en ayant l'air enragée.

— Ça me surprendrait. Je vous l'ai expliqué, elle est bizarre.

— Moi, je ne trouve pas que tu es bizarre. Et moi non plus, je ne suis pas bizarre.

Comme toujours, Julien n'a rien compris.

— Pourquoi dis-tu ça? lui demande ma mère.

— Parce que, nous aussi, on a des cheveux NOIRS et RAIDES comme les cheveux d'une lavette punk.

Tout le monde rit. Surtout Laurent. Grrr, lui et ses cheveux blonds, il se croit tellement beau. Et quand il s'arrête de rire, c'est encore pire. Vous savez ce qu'il dit?

— Je pense que je vais m'acheter un walkman. J'ai plein d'argent dans mon cochon-tirelire.

Je suis folle de rage! Plus enragée que moi, tu mords quelqu'un. À la place, je mords une frite et je dis à mes parents que je n'ai pas faim du tout. Et que je veux aller réfléchir dans ma chambre.

Mes parents n'en reviennent pas.

Laurent, lui, saute sur mon hamburger.

Il faut toujours qu'il prenne

mes affaires ou qu'il fasse comme moi. Grrr!

En tout cas, il n'aura pas mes
frites, parce que je les ai toutes
mangées...

4
Sophie met son plan
à exécution

En montant l'escalier, je ne pense qu'à une chose: Laurent va avoir un baladeur, et moi, je n'en aurai pas.

Il n'en est pas question. Ce serait TROP injuste. Il n'a pas besoin d'un baladeur pour jouer à la guerre. Tandis que moi, ça changerait toute ma vie.

En arrivant sur le palier, je me dis que je n'ai plus le temps de réfléchir. C'est clair comme de l'eau en bouteille.

Je me dirige vers la chambre de Laurent. C'est bizarre, parce que je ne sais pas trop pourquoi.

Le plancher bavarde à toute la famille:

— CRAAC! SOPHIE EST ENTRÉE DANS LA CHAMBRE DE LAURENT! CRAAC!

Il s'arrête quand je m'arrête devant le bureau de Laurent. C'est là que j'aperçois son cochon. Et que je comprends ce que je suis venue faire.

Je suis venue vérifier si Laurent a assez d'argent pour acheter un baladeur Zeste.

Je m'avance pour prendre la tirelire.

— CRAC!

Je marche vers le lit de Laurent.

— CRAC! CRAC! CRAC!

Je m'assois sur le lit.

— ZOOOUUIINGGG!

Les ressorts du lit, maintenant. Grrr! Je n'avais jamais re-marqué à quel point les choses ont une grande langue.

Je dois être malade. Je sens la fièvre qui me monte à la tête d'un seul coup. C'est terrible! J'ai l'impression d'être un ther-momètre qui va exploser.

Vite! J'enlève le bouchon du cochon que je renverse. Rien ne se passe. Il est tellement plein que l'ouverture est bloquée. Je le secoue. Mes mains tremblent.

Enfin, les pièces tombent sur l'édredon. Par millions! Je n'en reviens pas comme Laurent est riche. Ça va mal!

Je n'arriverai jamais à comp-ter tout ça en cinq minutes. C'est le temps que prend Laurent pour manger un hamburger.

Je sépare quand même les

cents des autres pièces de mon-
naie. Parce que je viens de penser qu'il y a de la tarte au sucre
pour dessert. Et que Laurent en
prend toujours deux fois.

Je remets les cents dans la
tirelire sans les compter. Il y en
a beaucoup trop et ils ne valent
presque rien.

Ça veut dire que Laurent n'est
pas aussi riche que je le croyais.
Ça va mieux!

Ça va de mieux en mieux.
Laurent ne possède que 13,90 $.
Fiou! Je n'ai jamais calculé aussi vite de ma vie! Je me rends
compte maintenant que les ma-
thématiques, c'est TRÈS important.

Bon, je ferais mieux de remettre le cochon à sa place. Les
autres doivent avoir fini de man-

ger. Je me lève et là... je reçois un choc terrible!

Je viens de découvrir un billet de 10 $. Je le déplie pour être sûre que c'est un vrai. C'est épouvantable! Il y en a deux, non trois... non... quatre...

ÇA FAIT 40 $!

Mais Laurent est millionnaire! Il va pouvoir s'acheter un baladeur! NON! Il n'en est pas question. C'est moi qui... AÏE! J'entends du bruit.

Fiou que j'ai chaud! Je n'arrive pas à remettre les 10 $ dans le cochon de Laurent. Il est trop plein, c'est certain. Mon coeur me donne des coups de poing comme s'il était pris au piège et qu'il voulait sortir.

Vite! Il faut que je fasse quelque chose! Je vais mettre mon

plan à exécution. C'est ça! Je vais emprunter de l'argent à Laurent: 20 $! Parce qu'il y a juste assez d'espace dans son cochon pour deux 10 $.

Vite! Je remets la tirelire à sa place et je sors de la chambre.

— CRAAAAC! SOPHIE SORT DE LA CHAMBRE DE LAURENT! CRAAC!

Fiou que j'ai chaud. Je dois avoir les cheveux aussi mouillés qu'une... lavette... Grrr!

5
Sophie a peur

Je descends l'escalier comme si rien ne s'était passé. Il y a juste mon coeur qui frappe encore pour sortir. Mais personne ne peut l'entendre.

— Une tomate! Une grosse tomate à vendre!

Laurent ne se doute de rien. Il joue au magasin avec Julien et Bébé-Ange.

C'est un jeu idiot, qui consiste à acheter des tas de trucs qui n'existent pas et à payer avec de l'argent invisible.

Une chance, parce que c'est Laurent qui fait le vendeur:

— Une belle grosse tomate à vendre!

— *TOOOMATE?* demande Bébé-Ange.

— Elle descend l'escalier, Bébé-Ange, regarde!

Une tomate qui descend l'escalier. Vraiment idiot. Une tomate qui descend l'escalier! Mais c'est moi, ça!

Ce n'est pas parce que j'ai emprunté de l'argent à Laurent que je suis obligée de le laisser m'insulter. Et puis je me demande ce qu'il veut dire:

— Qu'est-ce que tu veux dire?

— Que tu es rouge comme une tomate.

— Je ne suis pas rouge du tout!

— Tu ne t'es pas vue dans le

miroir! Plus rouge que ça, tu saignes.

— Tu sauras que j'aime mieux avoir l'air d'une tomate que d'un CON-COM-BRE.

— Pas moi! Un concombre, c'est plus fort. Je vais t'écraser.

— Essaye pour voir!

Laurent et moi, on commence à se battre. Et Bébé-Ange s'inquiète à mon sujet:

— *Pôôôve tooomate...*

Julien se retrouve dans les aventures de Tintin:

— Arrêtez! Espèces de bachi-bouzouks!

Il répète des mots qu'il ne comprend même pas:

— Je vais vous trucider avec mon épée invincible! Arrêtez ou je vous arrête au nom de la loi.

Laurent et moi, on s'en fout

complètement. Et on continue à se battre. Je ne l'ai jamais autant détesté de ma vie. On dirait que je lui en veux de lui avoir pris de l'argent dans son cochon.

Julien met sa menace à exécution. Il fonce sur nous avec son épée invincible, en tenant ses lunettes et en hurlant:

— À l'abordage, mille millions de tonnerre de *braise!*

Il reçoit un coup de poing sur le nez et il perd ses lunettes. Le sang coule de son nez comme dans les dessins animés. Mes parents arrivent à ce moment-là.

— ÇA SUFFIT! dit simplement mon père.

Laurent et moi, on arrête aussitôt de se battre. Mais il est trop tard. Les lunettes de Julien ont les deux yeux séparés et remplis de miettes.

Mes parents prétendent que je n'ai pas assez réfléchi. Et ils me conseillent de retourner dans ma chambre. Ils conseillent la

même chose à Laurent.

Je n'aime pas ça, qu'il reste tout seul dans sa chambre.

Je m'approche de la porte... et j'écoute... Je n'entends rien. Pas un bruit de cents qui tombent. C'est bizarre, parce que ça ne me rassure pas du tout.

Je recommence à avoir chaud. Je me sens encore plus mal que lorsque j'ai pris l'argent dans le cochon de Laurent. Je pense que... que j'ai... peur...

C'est TERRIBLE! J'ai l'impression que ça ne finira jamais...

6
Sophie devient vendeuse

Depuis une semaine, bien des choses ont changé. Mes parents ont enfin compris que j'avais besoin d'un baladeur. Ils espèrent aussi que la paix va revenir dans la maison.

Pour amasser de l'argent, ils ont trouvé un nouveau plan, meilleur que le premier. Ils m'ont proposé de faire une vente-débarras.

Le problème, c'est qu'ils ont refusé de me donner des choses qui leur appartiennent. Il a fallu que je choisisse parmi les miennes.

J'ai commencé par mettre de côté tous les jouets auxquels je tenais absolument. À la fin, il ne restait que des billes cassées, une poupée chauve, des auto-collants sans colle...

Je sais que les gens achètent n'importe quoi, mais quand mê-me, j'ai pensé que ce n'était pas suffisant. Et j'ai décidé de faire une vente de peintures, parce que je suis très bonne en dessin.

En une semaine, j'en ai fait une trentaine. J'aurais pu en faire beaucoup plus si je n'avais pas surveillé Laurent. Mais j'aurais eu plus peur, aussi...

Laurent n'en revenait pas que je veuille toujours m'amuser avec lui. Surtout lorsque j'ai ac-cepté de faire le monstre, dans la guerre du monstre contre Laurent Le Terrible.

Et il est tombé par terre, les yeux ronds comme des 25 ¢, quand je lui ai proposé de jouer au magasin avec Julien et Bébé-Ange.

C'est comme ça que je suis devenue une excellente vendeuse. Aujourd'hui, je vais me débarrasser de toutes mes vieilles affaires. C'est certain.

ET DEMAIN, DEMAIN, J'AURAI MON BALADEUR ZESTE!

Bon, si je veux ouvrir mon magasin à dix heures, il faut que je transporte toute la marchandise sur le trottoir.

Je sors de la maison. Et là, je découvre que mes parents ont tout installé sur une table. Ils ont même ajouté des objets à eux. Une vraie boutique!

Et MAMIE est venue! Elle dit qu'elle avait envie de magasiner. Mes parents aussi, parce qu'ils achètent beaucoup de choses. Julien aussi. Même Bébé-Ange. Avec l'argent de mes parents.

Tout le monde est venu, sauf... Laurent.

En dedans de moi, je panique aussitôt: «HEIN! LAURENT N'EST PAS LÀ?»

Mais je fais semblant d'être calme et je dis simplement:

— Hein! Laurent n'est pas là?

Avant d'entrer dans la maison, Mamie essaie de me rassurer:

— Laurent va certainement t'acheter quelque chose, mon petit chou.

Pauvre Mamie, elle ne sait

pas que c'est justement ça qui m'inquiète. Si, au moins, il y avait des passants qui s'arrêtaient, je n'y penserais plus. Mais il n'y a personne.

Je regarde à gauche... Rien. Même pas deux petits points

noirs, qui pourraient grossir et devenir des clients. Je regarde à droite... QUOI! AH NON!

Savez-vous qui j'aperçois?

La nouvelle voisine, qui était perchée sur une branche de mon arbre.

Et savez-vous ce qu'elle fait, LA NOUVELLE VOISINE?

Elle ouvre un magasin, elle aussi. Et ses parents l'aident. Comme les miens. Grrr! Ça me fatigue, les gens qui copient les autres!

Je suppose qu'elle veut aussi s'acheter un baladeur! Et qu'elle a fait des dessins!

Ah non! elle n'a pas fait de dessins. Elle a fait des... gâteaux.

DES GÂTEAUX! ÇA, C'EST UNE BONNE IDÉE!

Ça va mal...

Ça va mal pour Sophie

7
Sophie et les vieux bébés

Depuis une heure, il y a eu beaucoup de clients. Mais ils ont passé tout droit et ils se sont arrêtés chez la voisine.

C'est décourageant. Les gens n'aiment pas du tout la peinture. Ils préfèrent la nourriture.

Il faut que je sois meilleure vendeuse. C'est certain.

J'aperçois un groupe de points noirs qui se rapprochent. Pour me donner du courage, je ferme les yeux. Et je me mets à crier:

— DES DESSINS! DES BEAUX DESSINS À VENDRE! DES CRA-VATES ET DES POUPÉES! DES

CUILLÈRES ET DES COUTEAUX!

— Hé toi! La punaise!

Ça y est! Les clients ont encore passé tout droit. Ils parlent à la voisine.

J'ouvre les yeux. Et je m'aperçois que la punaise, c'est moi.

Devant ma table, il y a sept grands garçons habillés de la même façon. Ils portent tous des jeans noirs, des bottines aux bouts en métal et des petits tee-shirts remplis de gros muscles. Et ils n'ont pas un poil sur la tête.

C'est incroyable! Ils sont tous chauves comme ma poupée. On dirait des vieux bébés. Ils sont vraiment laids.

Quand même, ils vont peut-être m'acheter quelque chose.

— Ils sont jolis, les couteaux
de la punaise, hein, Adolf?
— Très jolis, Tom.

Ils ont tous l'air de trouver mes couteaux formidables. Moi, je les trouve ordinaires. Mais mon père m'a dit que le client avait toujours raison.

— Je veux bien vous les vendre, mes couteaux.

— Nous les vendre! Ha! ha! ha!

Tous les vieux bébés se mettent à rire. Je n'ai jamais entendu rire comme ça de ma vie.

— On ne veut pas te les acheter, punaise. On veut te les EMPRUNTER.

— Comment ça, emprunter? Qu'est-ce que ça veut dire?

— Ça veut dire, ha! ha! ha! qu'on les veut et qu'on les prend, parce qu'on en a besoin. Tu comprends? Ha! ha! ha!...

Tous les bébés recommencent à rire en prenant chacun un couteau.

Là, je trouve que le client n'a pas raison. Et en dedans de moi, je proteste: «Ce n'est pas emprunté, ça, c'est du vol!»

La nouvelle voisine n'est pas d'accord non plus, parce qu'elle se sauve en criant:

— AUX VOLEURS!

Puis tout se passe très vite.

Un des voleurs rattrape la voisine:

— Toi, l'autre punaise, tu restes là, sinon je t'écrase!

Puis ils renversent ma table. Et ils cassent tout, en mangeant des gâteaux. Un des horribles bébés enfonce son couteau dans le ventre de ma poupée, qui crie: «Maman!»

La voisine et moi, on se jette

dans les bras l'une de l'autre. Et on tremble ensemble.

Au coin de la rue, j'aperçois une vieille mamie qui se sauve. Et loin, très loin, deux petits points noirs.

Puis je reçois un vrai choc!

Laurent... est là, caché derrière

le sapin! Maintenant, il rampe sur la pelouse. Comme il fait quand il joue à la guerre.

Ça y est, il est arrivé près des marches du perron. Il bondit et entre dans la maison. Fiou! Les voleurs n'ont rien vu. Ils s'amusent beaucoup trop.

Quelques secondes plus tard, Julien sort de la maison en courant, suivi de mon père:

— REVIENS, JULIEN!

Il est trop tard. Julien a foncé avec son épée:

— ARRÊTEZ OU JE VOUS ARRÊTE AU NOM DE LA LOI!

Il reçoit aussitôt un coup de poing sur le nez et il perd ses nouvelles lunettes.

Mon père arrive, mais il n'a pas le temps de se battre, parce qu'on entend la sirène d'une voiture de police.

Les voleurs arrêtent de rire et ils commencent à courir. Ils redeviennent des petits points noirs à une vitesse incroyable.

Fiou! Ils ont disparu. Mais je ne me sens pas mieux du tout. Je suis étourdie. La voisine aussi, parce qu'elle tombe avec moi dans... les... *pomm...*

8
Sophie a très chaud!

Les policiers sont venus à la maison. Ils ont remercié Laurent de leur avoir téléphoné, et ils l'ont félicité pour sa bravoure. Grâce à lui, les voyous de la bande des *Chauves-Souris* ne reviendraient pas de sitôt.

Ils ont ajouté que Laurent était un des plus grands *zéros* qu'ils avaient rencontrés.

Évidemment, Julien n'a pas compris. Alors, mon père lui a expliqué:

— Héros. Un des plus grands héros, Julien, parce que Laurent a mis en fuite la terrible bande des *Chauves-Souris*.

Julien a enlevé ses nouvelles lunettes déjà abîmées et il s'est fâché contre les policiers:

— C'est moi, espèces de bachi-bouzouks, qui ai fait fuir les *Chauves-Souris* avec mon épée invincible, mille millions de tonnerre de *braise!*

Les policiers ont reculé et ils sont devenus tout rouges. Alors, Bébé-Ange les a insultés:

— *TOOOMATES!*

J'ai raconté aux policiers l'histoire de la tomate qui descend l'escalier, et la bagarre générale qui a suivi.

Les policiers sont partis en riant, et en répétant: «Quelle famille! Quelle famille...!»

Moi, je trouve que mes deux frères ont été formidables. Sans eux, je pense que les *Chauves-Souris* nous auraient scalpées, la voisine et moi.

La voisine aussi est formidable. Maintenant que je la connais, je ne la trouve plus bizarre du tout. Elle s'appelle Lola et elle vient d'Amérique du Sud.

Ses parents ont quitté leur pays à cause du général Ricochet et de sa bande. Il paraît qu'ils sont pires que les *Chauves-Souris*. Et Lola vendait des gâteaux pour envoyer de l'argent à ceux qui se battent contre eux.

Je ne lui ai pas dit que j'avais ouvert un magasin pour acheter un baladeur. D'ailleurs, je n'en ai plus besoin.

Je n'ai pas le temps d'écouter de la musique. Lola et moi, on se réunit tous les jours. On essaie de trouver un meilleur plan pour mettre en fuite la bande du général Ricochet. Le commerce, c'est trop dangereux.

Emprunter de l'argent aussi. C'est bizarre, je n'ai eu aucun

problème à mettre les deux billets de 10 $ dans la tirelire de Laurent.

Quand même, j'ai eu très chaud. J'avais peur que mes parents me surprennent et croient que je suis une voleuse. Ça leur aurait fait beaucoup de peine. Et à Mamie aussi. Fiou!

Je pense qu'avant d'emprunter de l'argent, je vais réfléchir. Parce que ce n'est vraiment pas une vie de toujours avoir peur. C'est certain.

Louise Leblanc

Sophie part en voyage

Illustrations
de Marie-Louise Gay

la courte échelle

1
Sophie... a... i... en... ion

Youpiiii!!!! Je vais à Paris!
Chez Mamie et Papi! Youpi!

C'est ce que je me répète depuis un mois. Comme si je n'arrivais pas à y croire. Mais c'est bien vrai. Ma valise est faite et je suis prête à partir.

Je mets le SUPER imperméable que ma mère m'a acheté. Il a des rayures roses et blanches et il est léger comme...

— Tu as l'air d'un chiffon J, me dit mon frère Laurent. Et puis, il ne pleut même pas!

— Laurent a raison, il fait un soleil de plomb!

— Je n'ai pas chaud du tout, maman!

— ALORS, VOUS VENEZ! crie mon père qui nous attend à l'extérieur.

— Sophie, ENLÈVE cet imperméable!

Je vous dis que j'ai hâte d'être à Paris et de faire ce que je veux. Hâte d'être LIBRE!

Dans la voiture qui roule vers l'aéroport, c'est une vraie tempête de nerfs. Tout le monde parle en même temps.

Ma petite soeur, Bébé-Ange-Croton-d'amour, tape des mains en hurlant:

— ...I... A... I... EN... ION!

Ça veut dire: Sophie va à Paris en avion.

Mon frère Laurent, lui, ne cesse de répéter:

— C'est injuste. Pourquoi je n'y vais pas, à Paris, moi?

Pour la centième fois, mon père lui répond:

— Tu iras l'an prochain. Cette année, j'ai promis à Sophie qu'elle irait si elle obtenait 80 % en français.

— ET J'AI EU 80,1 %!

— SILENCE! PAR TOUTATIS! lance mon frère Julien en replaçant ses lunettes et en replongeant son nez dans *Astérix le Gaulois*.

Depuis qu'il sait que je vais en France, le pays d'Astérix, il fouille ses bandes dessinées pour trouver la formule de la potion magique, au cas où j'en aurais besoin.

— Surtout, n'oublie pas de te brosser les dents tous les jours, me conseille ma mère.

— ET SURTOUT, SOIS PRUDEN-
TE! Ne t'éloigne pas de Papi et
Mamie, et SURTOUT...

— Oui, papa.

— Mais attends avant de dire
oui! Écoute!

Je crois que je fais mieux de
ne rien dire et de laisser mes
parents parler entre eux.

— ...I... A... I... EN... ION!!!!

— PAR TOUTATIS! Ils sont
fous, ces Romains.

— Pourquoi je n'y vais pas,
à Paris, moi?

Fiou que j'ai hâte de partir!
Pendant quinze jours, je n'en-
tendrai plus Laurent se plaindre. Ce sera le PARADIS!

— Au fond, je suis bien content que tu partes en voyage.
Pendant que tu ne seras pas là,

ce sera le PARADIS!

Je n'en reviens pas comme Laurent est désagréable. Mais je m'en fous complètement; dans trois minutes, je serai à bord de l'avion.

Après TROIS HEURES d'attente, c'est enfin le moment du départ. Mon père avertit l'hôtesse que ses parents viendront me chercher à l'aéroport à Paris.

Il faut dire que Papi, c'est un Français de France. Il a vécu ici, mais il est retourné chez lui pour retrouver ses VIEILLES racines.

AÏE! Laurent m'a donné un coup de coude!

— Tiens! C'est pour toi.

C'est incroyable! Vous savez ce qu'il m'offre? De l'argent! VINGT-CINQ FRANCS!

— C'est pour te payer des

frites françaises. Avec ce qui restera, tu m'achèteras un cadeau.

J'embrasse Laurent et, comme une idiote, je me mets à pleurer. Lui aussi! Je n'en reviens pas.

— Il faut y aller, Sophie, me dit l'hôtesse.

Mes parents me serrent très fort, puis ils me laissent partir. Au moment où je vais franchir la porte vitrée, j'entends:

— SOPHIE!

C'est Julien. Il court vers moi. Ses lunettes sont toutes pleines de larmes.

— Je n'ai pas trouvé la formule de la potion magique. SNIF! Il faut que tu fasses attention aux Romains et aux sangliers. SNIF!

Tout le monde se met à rire. Et ça fait drôlement du bien. Fiou!

Je donne un gros bec à Ju-

lien. Puis l'hôtesse m'entraîne
sur le tapis roulant qui conduit à
la porte d'embarquement.

Je me retourne et j'envoie la

main. Je ne vois plus personne!
Tout à coup, j'ai moins envie
d'aller à Paris. Mais le tapis roulant m'emporte, tel un chemin
qui marche tout seul et m'amène en voyage malgré moi.

***

La première chose que je vois
à l'aéroport à Paris, c'est le béret
de Papi, car Papi est très grand.
Mamie est là aussi, mais je ne
l'ai pas vue tout de suite, car elle
est très petite.

Puis je n'ai plus rien vu parce
que j'ai dormi durant tout le trajet en taxi.

En arrivant à la maison, Mamie me dit:

— Je te prépare un bon canari, mon poussin.

Il est sept heures du matin et Mamie veut me faire manger du canari? Vous parlez d'un petit déjeuner! Je ne sais pas si je vais m'adapter aux habitudes françaises.

Heureusement que je n'ai rien dit, j'aurais eu l'air d'une idiote. Un canari, c'est de l'eau bouillie avec du sucre et des zestes de citron.

— Après un voyage en avion, rien de mieux pour débarbouiller l'estomac, promet Mamie.

Et ça marche! Une vraie potion magique! Ensuite, je mange trois croissants avec de la confiture. Miam! je pense que je vais m'habituer aux coutumes françaises.

Je suis en pleine forme pour sortir avec papi Gaston et mamie

Juliette. Je crois que, pour visiter la plus belle ville du monde, je vais mettre mon BEL imperméable.

— Voyons, Sophie, il fait un soleil de plomb!

Grrr! Depuis que j'ai mon imperméable, il fait toujours beau. Et je me demande à quel âge on peut mettre son imperméable quand on le veut. À quel âge on est LIBRE???

Quand même, Papi et Mamie sont très gentils avec moi. Je suis leur petit-poussin-rayon-de-soleil-adoré. Et ils m'amènent partout!

Après une semaine, je pense que je connais assez bien Paris.

Pour visiter Paris, on passe son temps à traverser la Seine. C'est facile, il y a au moins vingt-cinq ponts, et ce sont de petits ponts parce que la Seine, c'est un fleuve plutôt... maigrichon.

Par contre, il y a des rues aussi larges que des champs. Et au bout de ces rues, il y a toujours un édifice avec des tas de colonnes ou un monument super... HISTORIQUE.

Et puis, il y a beaucoup de fontaines. Ce n'est pas compliqué, la plupart des statues ont les pieds dans l'eau. Si elles sont comme moi quand je reste dans mon bain trop longtemps, elles doivent avoir les orteils pas mal ratatinés.

Puis j'ai vu la plus vieille... ANTIQUITÉ de Paris: le squelette d'un dinosaure. C'est... impressionnant!

Quand j'ai touché la patte du

dinosaure, un vrai dinosaure qui a vécu il y a des MILLIONS d'années, je me suis sentie bizarre, toute pleine de frissons.

J'ai eu encore plus de frissons quand on a visité Notre-Dame de Paris. Parce qu'on GÈLE là-dedans.

Je vous dis que j'aurais aimé ça avoir mon imperméable!

— C'est une belle cathédrale, me répétait Papi. Et regarde comme les dalles du plancher sont usées. C'est vieux, tu sais!

— Vieux comment?

— Au moins sept cents ans!

— Ce n'est pas vieux, ça, Papi!

Papi a eu l'air très surpris. Les gens autour de nous aussi.

— Tu trouves que sept cents ans, ce n'est pas vieux!

Sophie part en voyage

— Voyons, Papi, à côté d'un dinosaure, ça fait pitié!

Tout le monde a ri, sauf Papi. C'est incroyable, mais je pense que c'est parce qu'il avait chaud. Quand on est sortis, j'ai vu qu'il était tout rouge.

2
Sophie et le beau poète

Ce matin, on ne fait rien parce que Papi et Mamie ont mal aux pieds. Mais ils m'ont promis une surprise.

Vous savez ce que c'est? De la parenté: tante Aline, oncle Philippe et un petit cousin de onze ans pas rigolo du tout: François. Il est pire que Laurent...

Depuis que ses parents sont repartis, il n'arrête pas de se plaindre qu'il s'ennuie. Qu'on l'a forcé à venir. Qu'il a manqué une partie de foot à cause de moi. Et que lui, il est un SUPER gardien de but.

IL ME FATIGUE! Ça me fatigue, les gens qui se vantent. Et puis, moi aussi, je suis une SUPER gardienne de but. Alors, je lui raconte mes exploits dans la fameuse partie de hockey entre les *Lutins rouges* et les *Araignées noires.*

Je vous dis qu'il est impressionné. Il veut absolument me présenter ses copains pour qu'on joue une partie de foot ensemble. Je ne suis pas sûre que Papi et Mamie acceptent de nous laisser sortir seuls.

— T'occupe de rien, j'ai un plan!! me dit François.

Après le repas, François prend mamie Juliette par le cou et lui donne des petits becs. Comme je fais avec mon autre mamie quand je veux lui demander une

faveur. C'est un très bon plan,
un plan... international.

— Pauvre Mamie, tu es fatiguée. Tu devrais faire une sieste.
Pendant ce temps-là, Sophie et
moi, on irait jouer au parc.

Et ça marche! Mamie accepte
parce que le parc est juste à côté
et qu'on lui promet de ne pas aller ailleurs.

Une fois à l'extérieur, François
me dit:

— On va prendre le métro.

— Hein! On ne joue pas avec tes copains?

— Oui, dans mon quartier! C'est à cinq minutes, en métro.

Je proteste à cause de la promesse qu'on a faite à Mamie. Et puis, je n'ai pas honte de vous le dire, j'ai peur.

— Tu as la trouille ou quoi? lance François.

— MOI, PEUR? PAS DU TOUT!

— Alors, tu viens!?

Grrr! Je suis bien obligée de suivre François. En entrant dans le métro, j'entends: «SURTOUT, SOIS PRUDENTE! NE T'ÉLOIGNE PAS DE PAPI ET MAMIE!»

Pour une fois, je devrais écouter mon père, c'est certain.

Je veux m'arrêter pour réfléchir, mais... François a disparu!

Fiou, je l'aperçois devant le tourniquet. Il... PASSE DESSOUS SANS PAYER! Je fais la même chose sans réfléchir. J'ai trop peur de me retrouver seule.

— Tu es vraiment une fille SUPER! me dit François.

Là, je ne peux plus reculer, c'est certain. Surtout que François est VRAIMENT sympathique. Et puis, même si j'ai encore peur, je commence à trouver ça excitant.

Dans le métro qui file, j'ai l'impression d'être une héroïne de film qui s'en va au loin vers l'inconnu et le mystère.

Mais ce n'est pas long qu'on arrive dans le quartier de François. Et en sortant de la station, on rencontre un de ses copains: Abdoul.

Abdoul, c'est... Il y a tellement de choses à dire sur lui que je ne sais pas par où commencer.

D'abord, il... il est BEAU! Je n'ai jamais vu quelqu'un d'aussi beau de toute ma vie. C'est un Noir qui vient d'Afrique. Il a treize ans, mais il n'est pas idiot comme les garçons de son âge.

Et vous savez ce qu'il fait? Il vend des oiseaux sur la place publique. C'est super!

— On se reverra plus tard, Sophie. Il faut que je vende mes oiseaux, dit Abdoul en tapant sur un grand sac qu'il porte en bandoulière.

Je n'en reviens pas:

— Tu transportes tes oiseaux là-dedans! Ils vont étouffer!

François pouffe de rire. Abdoul sort un oiseau de son sac,

un oiseau... mécanique! Je lui avoue que ça me déçoit un peu.

— Tu sais, me répond-il, quand je lance l'oiseau dans les airs et qu'il se met à voler, pour moi, il devient vivant.

— Abdoul est un poète, dit François. Il n'est pas toujours facile à comprendre.

— Quand je regarde voler mon oiseau mécanique, poursuit Abdoul, il me fait rêver autant qu'un vrai. Je m'envole avec lui, je pars vers mon pays, je suis libre!

Fiou que c'est beau, la poésie! Mais Abdoul a l'air triste, on dirait qu'il continue de rêver.

Je prends l'oiseau, je tourne la clé et je le lance dans les airs. Il s'envole comme un vrai. Il redescend, remonte, virevolte et va se poser sur la tête d'un po...li...cier. C'est tordant!

Je trouve bizarre que François et Abdoul ne rient pas! Je me retourne et là... je reçois un choc terrible.

Je vois Abdoul qui court. Le policier le poursuit. Abdoul bouscule des gens, il se sauve comme... un voleur. Abdoul est un bandit! Non! C'est impossible! Pas Abdoul! Pas un poète!

3
Sophie
et l'oiseau de malheur

— Abdoul n'est pas un bandit, c'est un émigré clandestin, m'explique François. Sa famille n'a pas de permis pour vivre en France.

— Pourquoi?

— Ses parents n'ont pas eu le temps d'en demander.

— Comment ça?

— Ils ont fui leur pays à cause de la guerre. Et comme il y a de nombreux étrangers dans le quartier, les clandestins viennent ici en espérant passer inaperçus. Mais les policiers font souvent des contrôles d'identité.

— Abdoul ne devrait pas vendre d'oiseaux sur la place publique, alors!

— C'est sa seule façon de gagner de l'argent. Et d'habitude, il vend ses oiseaux ailleurs: à la tour Eiffel, au Louvre, là où il y a beaucoup de touristes et où il n'est pas connu.

— Ça veut dire que ce qui s'est passé est de ma faute! Si je n'avais pas fait voler cet oiseau de malheur, le gendarme n'aurait pas vu Abdoul.

— Ce n'est pas la première fois qu'un gendarme poursuit Abdoul, me dit François. Aucun n'a réussi à l'attraper. Et on ne sait pas où il habite. Même pas moi!

— Oui, mais il faut tenter de savoir ce qui lui est arrivé. Il faut le retrouver.

François est d'accord avec moi. Pendant une heure, on se promène dans le quartier. Pas la moindre trace d'Abdoul. Tout à coup, François crie:

— ATTENTION, Sophie!

— Quoi! Qu'est-ce qu'il y a?

— Là, regarde, c'est ma mère! Si elle nous voyait, ça ferait toute une histoire.

Avant que je puisse répondre, François a déguerpi. Je me rends compte qu'il est aussi peureux que moi et que, même à onze ans, il ne peut pas tout dire à ses parents.

C'est... désespérant.

Je déguerpis à mon tour. Je cours aussi vite qu'une... émigrée clandestine. Je pense à Abdoul. Je me dis que, même s'il a treize ans, il doit avoir peur, lui aussi, toujours peur...

***

— Vous vous êtes bien amusés, mes poussins? demande Mamie à notre arrivée.

François et moi, on n'a pas le choix. On doit raconter des tas de mensonges.

Si on parlait de notre aventure... clandestine, ça énerverait Papi et Mamie pour rien. Tandis que là, ils sont rassurés et ils nous trouvent A-DO-RA-BLES. Surtout qu'on leur demande de se coucher tôt.

Dès qu'on est seuls, on recommence à comploter. Je dis à François:

— Il faut penser à un plan

pour retrouver Abdoul.

— En tout cas, on ne retourne pas dans mon quartier. C'est trop risqué. Puis on ne peut rien faire pour Abdoul.

J'ai l'impression que François vient de m'assommer. Tout s'embrouille dans ma tête. Je finis par m'endormir, découragée.

On doit réfléchir en dormant car, à mon réveil, j'ai un plan: pour retrouver Abdoul, il faut aller où il vend ses oiseaux. Ce n'est pas plus compliqué.

Je dis à Papi que je suis une touriste qui s'intéresse à la culture, que je veux visiter le musée du Louvre pour voir... euh...

— La *Joconde*! suggère François qui a compris mon plan, mais qui me chuchote à l'oreille:

«Je te préviens, le Louvre, c'est barbant.»

C'est vrai que c'est ennuyeux. Ça fait des heures qu'on marche et tout ce qu'on voit, ce sont de vieux tableaux tout craqués.

Enfin! Voilà la *Joconde*. Je lui trouve un petit sourire idiot.

C'est ce que je dis à Papi, qui pousse un grand soupir de découragement.

— Sais-tu, au moins, qu'elle a été peinte par Léonard de Vinci, le grand inventeur?

Là, c'est moi qui suis découragée. Papi croit vraiment que je suis une ignorante.

— C'est certain, Papi! Mais je pense qu'il aurait dû inventer plus de choses au lieu de perdre son temps à faire de la peinture.

Sophie part en voyage

— Elle a raison, Gaston! approuve Mamie.

Papi n'est pas d'accord du tout. Pendant qu'il discute avec Mamie, François et moi, on en profite pour courir vers la sortie.

Abdoul n'est pas sur la grande place. Pas plus que lorsqu'on est arrivés. On n'a vraiment pas de chance. En plus, je mets le pied sur une grosse crotte de chien. OUACHE!

Mamie, elle, prétend que c'est chanceux:

— Si tu fais un voeu, il sera exaucé.

— Comment peux-tu mettre de telles sornettes dans la tête de Sophie? proteste Papi.

— Je n'y crois pas, Papi. Si c'était vrai, tous les voeux des Parisiens seraient exaucés.

— Pourquoi? demande Papi, intrigué.

— Parce qu'à Paris, il y a beaucoup de crottes de chien.

— Tu entends ça, Juliette! rigole Papi.

Quand même, je fais le voeu de revoir Abdoul. On ne sait jamais...

4
Sophie oublie Abdoul

Les parents de François sont venus nous chercher. Je vais passer mes deux derniers jours de vacances chez eux.

— Nous t'amenons voir la tour Eiffel, m'annonce tante Aline.

La tour Eiffel! L'endroit exact où je voulais aller! Je ne dis rien, tellement je suis surprise.

— LA TOUR EIFFEL! insiste François, là où il y a BEAUCOUP de touristes. Et je te promets que ce n'est pas barbant.

Qu'est-ce que François s'imagine? Que je laisserais tomber

Abdoul pour ça? Ou que je l'ai oublié? Jamais je ne l'oublierai. Et puis François ne me connaît pas. Quand j'ai un plan dans la tête, personne ne peut m'empêcher de...

— Allez, on y va, décide oncle Philippe. Tu ne le regretteras pas, Sophie.

Je ne l'ai pas regretté! Ça a même été le coup de foudre! La tour Eiffel, c'est... encore mieux qu'un manège à la Ronde. En montant, on a l'impression d'être dans le vide. Fiou!

Et tout en haut, on voit Paris comme si on était un oiseau. UN OISEAU!

Tout à coup, je pense à Abdoul! Abdoul qui a peur! Qui se cache! Je m'amusais tellement que je l'avais oublié. J'ai honte.

En même temps, je me dis que François a raison. On ne peut rien pour Abdoul. Comment le retrouver dans ce grand casse-tête qui est en bas?

Je crois bien que je ne reverrai pas Abdoul. C'est dur à accepter. Mais je suis sûre que maintenant je ne l'oublierai plus. Parce que chaque fois que je verrai un oiseau, je vais penser à lui.

On a repris l'ascenseur. Il me semble que je trouve ça moins amusant.

Quand même, en souvenir, je m'achète une tour Eiffel miniature. Puis je me retourne pour regarder la vraie tour Eiffel une dernière fois.

Comme ça, plantée sur ses quatre pattes, avec son grand

cou et son vieux squelette de métal, elle me fait penser au dinosaure. Je serre la petite tour Eiffel dans ma main et je me sens toute bizarre, pleine de frissons.

Il faut dire qu'il fait un peu plus frais. Et il commence même à pleuvoir. Ce qui est terrible, c'est que je n'ai pas mon imperméable...

5
Sophie la libératrice

Aujourd'hui, tante Aline et oncle Philippe ont des choses «importantes à régler», nous disent-ils de façon mystérieuse. Ils suggèrent à François de me faire visiter le quartier.

Comme une idiote, je réponds:

— Je le connais, le quartier! L'autre jour...

François me coupe la parole en bafouillant:

— *Elelelelle...* veut dire *qqqque...* que je... lui en ai beaucoup parlé. Alors, tu viens, Sophie!?

Je suis François et je me sens un peu mal à l'aise:

— Tes parents avaient l'air bizarres, j'espère qu'ils n'ont rien deviné.

— Mais non! Tu as vu comment j'ai répondu? Sans hésiter! Avec les parents, il faut toujours être sur ses gardes.

— Surtout lorsqu'on conte des mensonges, fiou! Quand même, je les trouve super, tes parents.

— Ouais, pour des parents, ils sont assez chouettes. Et les tiens, comment ils sont?

— Euh... différents. Peut-être un peu plus... sévères. Le problème, c'est qu'ils sont chouettes aussi avec mes frères et ma soeur.

— Hé! dis donc, c'est à toi

qu'ils ont payé un voyage!

Je pense à Laurent qui trouvait injuste que je vienne à Paris. Et je pense que je suis chanceuse d'être ici. Il faut que j'en profite, car je repars demain. Mais c'est étrange, on dirait que je n'ai envie de rien.

François non plus n'a envie de rien; il ne me propose aucun plan. Alors, on marche dans le quartier. On va partout où on est allés l'autre jour.

La seule chose dont on a envie, c'est de retrouver Abdoul. Je dis à François:

— On devrait aller voir à la station de métro.

François me fait un grand sourire. Puis on se met à courir, pleins de confiance. On va s'asseoir sur le bord de la fontaine devant l'entrée du métro et on surveille.

C'est étourdissant. Il y a du monde! Et beaucoup d'étrangers. Mais pas d'Abdoul. Le temps passe. Il égratigne notre espoir de sa grande aiguille pointue.

— Il faut rentrer, dit François. Je promets de t'écrire ce qui est arrivé à Abdoul.

Selon moi, Abdoul a été arrêté. Quand même, sur le chemin du retour, je regarde partout et je marche exprès sur une crotte de chien... Mais je ne vois pas Abdoul. En arrivant chez François, je jure de ne plus croire à ces... sornettes de chance et...

— SURPRISE!

François et moi, on reçoit un choc... TERRIBLE. Vous savez qui nous a ouvert la porte? ABDOUL!

Abdoul et son père, sa mère et ses six frères et soeurs.

— Comme tu vois, François, on a chacun nos secrets, s'amuse oncle Philippe qui finit par nous expliquer: le gendarme a arrêté Abdoul et l'a amené au commissariat. En vérifiant son identité, il a découvert qu'un permis de séjour avait été émis au nom de sa famille.

— Tout ça, c'est grâce à toi, Sophie, me dit le père d'Abdoul. Si tu n'avais pas fait voler cet oiseau, nous n'aurions pas su que nous étions libres et nous serions encore obligés de nous cacher. Tu es notre libératrice, Sophie.

Moi, une... libératrice!? Vous vous rendez compte!

— Aussi en ton honneur,

Sophie part en voyage

nous avons organisé un banquet africain avec la complicité d'Aline et de Philippe.

Je suis incapable de parler parce que je me mets à pleurer. Tout le monde éclate de rire.

Pendant des heures, on s'amuse, on danse et on MANGE! Des galettes chaudes et croquantes. Miam! Des salades... exotiques. Des figues fraîches.

— Tu vas voir que c'est bon! La figue, c'est une goutte de soleil dans l'estomac, Sophie!

Abdoul est vraiment un grand poète.

— Mange aussi un petit pâté d'agneau, me dit la mère d'Abdoul. Tu vas voir que c'est...

— PIQUANT! FIOUHHHOUUU... que c'est piquant! Là, ce n'est pas une goutte de soleil que j'ai avalée, c'est le soleil au complet. Fiou!

On recommence à rire. Et à s'amuser jusque tard dans la soirée.

Quand on se quitte, j'invite François, oncle Philippe, tante Aline, Abdoul et toute sa famille à venir me visiter au Québec. Je suis sûre que mes parents seront d'accord. Enfin, presque sûre...

6
Les cadeaux de Sophie

Mamie est fâchée contre Papi. Et elle a l'air très inquiète:

— Il faut partir pour l'aéroport, Gaston!

— Je tiens à ce que Sophie aille à la Bastille! Et puis, tu t'énerves pour rien. On a amplement le temps. Viens, Sophie!

— C'est quoi, la Bastille, Papi?

— C'était une prison. Elle se trouvait là où est la grande colonne, tu vois?

Papi m'amène voir une prison qui n'existe plus. Il est vraiment étrange. Et très sérieux.

— À la Bastille, Sophie, il y avait des tas de gens injustement condamnés par le roi. Un jour, le peuple s'est révolté. Il a pris la Bastille et libéré les prisonniers. Ce jour-là, le 14 juillet 1789, ici même, Sophie, est née la liberté.

Fiou! je vous dis que je suis impressionnée.

— Hélas, il y a encore de l'injustice et des Bastilles partout dans le monde, ajoute Papi.

— Même ici, Papi, parce qu'à Paris il y a des émigrés clandestins qui vivent comme des prisonniers. Et je pense que c'est injuste, et que le peuple, il devrait se révolter contre ça.

Là, c'est Papi qui est impressionné:

— Tu es une vraie révolutionnaire, Sophie.

Puis il ne dit plus rien, mais c'est comme si on se parlait encore. Parce qu'on se tient la main très, très fort.

On découvre que Mamie nous attend à la porte avec ma valise. Elle ne dit rien, mais c'est comme si elle avait parlé très, très fort.

Ensuite, tout se passe très vite: Papi prend ma valise et nous dit de le suivre. Il faut trouver un taxi. Vite! Il y en a un au coin de la rue. Vite!

Mamie est essoufflée.

— Plus vite, Juliette!

OUF! Nous voilà assis dans le taxi qui démarre aussitôt. Il zigzague, s'arrête, repart, accélère. Fiou qu'il va vite! On se croirait dans une auto dans un jeu vidéo.

Mamie se tient le coeur. Papi tient son béret. Et moi, je tiens la poignée de la portière.

OUF! Voilà l'aéroport.

— Vite! L'avion part dans quinze minutes, dit l'hôtesse qui m'attendait. Vite!

Un petit bec à Papi et Mamie, et je m'en vais.

La dernière chose que je vois, c'est Juliette qui tombe dans les bras de Gaston...

***

Ça y est! Je suis dans l'avion et je m'éloigne de Paris. J'ai l'impression d'y avoir vécu un an, tellement j'y ai appris de choses.

Maintenant, je sais que la liberté, ce n'est pas de faire tout ce qu'on veut. C'est beaucoup plus important que ça, fiou! J'ai aussi appris que j'étais une... révolutionnaire.

Je me sens un peu triste que mon voyage soit fini. Mais peu à peu, c'est bizarre, on dirait que je suis contente de revenir chez moi. Et quand on atterrit, je suis SUPER excitée. J'ai hâte de revoir tout le monde.

Je vous dis que lorsqu'on se retrouve, on s'embrasse. Je n'ai jamais donné autant de becs de ma vie. Puis Laurent me donne un coup de coude:

— C'est quoi, le cadeau que tu m'as acheté?

LE CADEAU DE LAURENT! J'AI OUBLIÉ!

C'est terrible! Qu'est-ce que je...? Je sais! Je vais lui offrir ma

petite tour Eiffel. Fiou, c'est un beau cadeau!

Et je vais révéler la formule de la potion magique à Julien. Je vais lui montrer comment faire un canari.

À Bébé-Ange, je vais raconter l'histoire d'un beau poète qui fait voler des oiseaux.

Puis je vais dire à mes parents qu'ils sont les plus chouettes parents du monde. Parce qu'ils ont rempli ma tête de souvenirs. Et que les souvenirs, ce sont des cadeaux qu'on peut ouvrir autant de fois qu'on le veut.

— Tu devrais mettre ton imperméable, me dit ma mère. Il pleut à verse, ici.

MON IMPERMÉABLE! JE L'AI OUBLIÉ!

Au fond, ce n'est pas si terrible. Je l'aurai quand je retournerai à Paris l'an prochain. C'est ce que je dis à ma mère.

— Ah non! C'est moi qui vais à Paris l'an prochain, proteste Laurent.

Bébé-Ange n'est pas d'accord:

— ...I... A... I... EN... ION!

— SILENCE! PAR TOUTATIS! hurle Julien.

Dans la voiture qui roule vers la maison, c'est une vraie tempête de nerfs. Fiou! je vous dis que ça réveille une voyageuse.

J'ai l'impression que je vais commencer à ouvrir mes cadeaux-souvenirs plus vite que je ne le pensais...

Louise Leblanc

Sophie prend les grands moyens

Illustrations
de Marie-Louise Gay

la courte échelle

1
Sophie
doit s'habiller

Je suis désespérée! J'ai beau regarder partout dans ma garde-robe, rien! Je n'ai aucune tenue convenable pour aller à l'école.

Ce n'est pas compliqué, j'ai l'impression de fouiller un site archéologique. Je ne vois que des loques datant de l'Antiquité.

Un pull à pois et une chemise à fleurs. Dire que je les ai portés. Incroyable.

Des t-shirts en ruine. Des chaussures préhistoriques. Des jeans fendus aux genoux. Plus démodé, on t'expose dans un musée.

Et les autres vêtements ne me font plus. Quand je les porte, j'ai l'air d'une saucisse trop grosse pour son petit pain. Et je me sens énorme.

— SOPHIE! crie ma mère d'en bas. Que fais-tu? Tu vas encore partir le ventre vide. Et tu...

Tant mieux, il sera moins gros!

— ... Puis tu finiras par attraper le rhume!

C'est certain! Parce que je vais sortir toute nue, je n'ai rien à me mettre! Le... rhume! J'ai le rhume. Je ne peux pas aller à l'école!

Pendant que je descends l'escalier, je deviens de plus en plus malade. Je prends un air misérable et je commence à renifler. En entrant dans la cuisine, je suis mourante.

— Encore en pyjama! gronde mon père. Remonte t'habiller. Et vite!

— Puisqu'elle est là, autant qu'elle mange, décide ma mère. Laurent! Donne une de tes rôties à ta soeur.

— Pourquoi moi? proteste Laurent. Pourquoi ce n'est pas Julien qui...

— C'est ta quatrième rôtie et j'en suis à ma deuxième, répond Julien.

— C'est injuste! maugrée Laurent. Parce que Sophie dort plus, je mange moins.

Je n'en reviens pas! Ils sont tous aveugles!

— Vous ne voyez pas que je suis malaaade!

— Non, dit Laurent.

— Allons donc! réagit ma mère en plaquant aussitôt sa main sur mon front.

Sa main-thermomètre, qui est

infaillible:

— Tu n'as pas un degré de fièvre!

— Mais je suis faiiiiible...

— On en reparlera quand tu auras mangé!

Grrr! Je m'assois à côté de Bébé-d'amour. Elle patouille dans sa purée de bananes, inconsciente des problèmes de l'existence.

Parfois, je l'envie, je me dis... PLOC! La rôtie de Laurent vient d'atterrir dans mon assiette. Raide et froide. Je vais me plaindre quand j'entends:

— Il faudrait acheter des vêtements à Julien. Et à Bébé-Ange, aussi.

C'est scandaleux:

— À Bébé-Ange!? Elle ne va pas à l'école!

— Et alors? s'étonne mon père. Ce n'est pas une raison pour la laisser nue.

— Elle a moins besoin de vêtements que moi. Et Julien peut hériter de ceux de Laurent.

— J'aurai enfin des habits neufs, s'exclame Laurent. J'en ai assez de porter les vieilles affaires de Sophie.

— Je ne peux pas mettre les tiennes! Ce n'est pas ma faute si je suis la plus grande!

— Ni la mienne si je suis petit, se fâche Julien.

La discussion s'enflamme. La fièvre monte dans la cuisine. Elle est stoppée par la voix-thermomètre de mon père, qui est infaillible:

— ÇA SUFFIT!

La fièvre retombe d'un coup.

— Je vois que tu as retrouvé ton énergie, me dit ma mère. Monte t'habiller.

— Je n'ai rien à me mettre!

— Oh si! Regarde dans la corbeille à lavage.

— Hein! Tu veux que je porte du linge sale!

— La corbeille est pleine de linge propre. Tous ces vêtements que tu essaies, que tu laisses traîner et que tu mets ensuite à laver. C'est de l'excès de propreté et d'égoïsme. Et cet abus concerne tout le monde! ajoute-t-elle en fixant mon père.

Pour échapper à ses reproches, mon père m'entraîne en disant:

— Je vais t'en trouver, moi, des vêtements!

GRRR!

2
Sophie
est prête à tout

Mon père n'a aucune psychologie. Il m'a dit que je faisais un drame pour rien. Si vous voyiez comment il m'a déguisée!

Dès mon arrivée à l'école, le cauchemar commence.

— Salut pot de fleurs!

C'est Marcelin, le petit pomponné! Il porte tous les trucs à la mode. Il a l'air de...

— Salut l'arbre de Noël!

Et toc! le bébé gâté. Quand même, je ne me sens pas mieux. Vous savez ce que mon père a retiré du panier à linge? Un collant à rayures! Avec ma chemise à fleurs, c'est...

— C'est épeurant, m'a envoyé Laurent.

— Plutôt... électrique, a dit Julien. Quand on la regarde, on reçoit un choc.

Ils se sont éloignés de moi comme si j'avais des puces. Je me retrouve au milieu d'un espace vide. On doit me voir de partout.

Le pire, c'est que ma chemise est trop courte. Et que mes fesses dépassent. Je les déteste. Deux ballons! Qui gonflent les rayures de mon collant et les font pâlir de honte.

Aïe! J'aperçois les membres de ma bande. Je ne pourrai pas leur échapper toute la journée. Aussi bien les affronter maintenant. Je les rejoins en longeant le mur de l'école.

Je me prépare à entendre des horreurs!

Ah non!? Personne ne dit un mot. Je crois qu'ils sont sous le choc... électrique. Ils ont la bouche tordue et les yeux fixes comme des prises de courant.

Mais ils reviennent vite à la vie:

— Tu as mis ton costume d'Halloween?

— Tu as l'air d'une grosse poupée!

— C'est une imitation de Mme Cantaloup? Si tu voulais te payer la tête du professeur, tu aurais dû nous en...

Je ne veux plus les entendre. Ils sont trop méchants! Pires que Marcelin. Avec des amis comme eux, je n'ai pas besoin d'ennemis.

Pendant un instant, j'ai l'impression que le temps s'arrête. Je les regarde l'un après l'autre. Et je leur en veux, oui!

Tanguay, le fils du dépanneur, toujours à se goinfrer. Et il est aussi mince qu'un fil de céleri.

Lapierre, le dur de la bande. Il est grand, fort et sûr de lui. Il s'habille comme il veut! Personne ne fait de commentaires.

Clémentine, la parfaite, qui est si délicate! Elle peut porter n'importe quoi, tout lui va. Elle passe inaperçue, la petite souris.

Alors que moi, je crève les yeux! Surtout aujourd'hui. Je sens des larmes rouler au bord de mes paupières. Je...

— Sophie! On ne voulait pas te faire de peine! C'était pour rigoler, dit une voix de souris désolée.

Puis je reçois une claque dans le dos. C'est Lapierre qui me console à sa façon:

— Tu ne vas pas chialer! Pas toi, grosse tête!

— Tu veux du chocolat?

m'offre Tanguay. Ça fait du bien là où ça passe!

J'avale le chocolat. Un morceau de velours qui me réchauffe le coeur. J'ai retrouvé mes amis!

— Tu veux nous expliquer ce qui t'arrive? demande Clémentine.

Je leur raconte les événements du petit déjeuner. En amplifiant le comportement... inqualifiable de mon père et de mes frères.

Ils sont scandalisés!

— Tu vis le drame d'une grosse famille, déplore Tanguay en ouvrant un sac de chips. Je ne vois pas ce que tu peux faire. À moins de zigouiller ta soeur et tes frères.

— Ça ne réglerait pas mon problème actuel, dis-je d'un ton

préoccupé, tout en prenant quelques chips.

— Tu n'as qu'à mettre mon blouson!

Là, je suis contente que Lapierre soit grand. Parce que son blouson couvre mes fesses!

— Garde-le jusqu'à demain.

Tes parents comprendront que tu as besoin de vêtements.

— Pas sûr! Les parents décodent rarement nos messages, dit Clémentine. Il y aurait un moyen plus convaincant, si tu es prête à tout.

— Certain, fiou!

Clémentine m'expose son plan...

Je n'aurais jamais cru que la p'tite parfaite pouvait avoir une idée aussi délinquante! Même moi, je n'y aurais pas songé.

3
Sophie
passe à l'action

Laurent et Julien se sont assis loin de moi dans l'autobus. Je les entends rire. Je pense aux paroles de Clémentine:

— Tu ne peux pas avoir toute la famille contre toi. Tu dois d'abord te faire un allié.

C'est le moment d'agir, l'autobus s'arrête. Mes frères descendent et courent vers la maison. Je rattrape Laurent avant qu'il entre:

— Il faut que je te parle. C'est pour ton bien.

Il me regarde d'un air méfiant. Je lui dis:

— Tu en as assez de porter mes guenilles?

— Quelle question! Évidemment!

— Alors, écoute...

Les yeux de Laurent doublent de volume.

— Tu es folle!?

— Tu veux des vêtements neufs, oui ou non?

Je crois que Laurent a besoin d'un choc... électrique:

— Ne viens pas te plaindre quand tu porteras mon collant à rayures!

Il avale de travers. Je considère sa réaction comme une acceptation de ma proposition.

***

Ma mère nous dit bonjour distraitement. Elle est occupée à

faire une tarte. Elle ne remarque même pas le blouson de...

— Sophie! Tu sais que je déteste ces emprunts. Tu remettras le blouson à son propriétaire dès demain.

Ma mère n'a pas pris conscience de mon drame vestimentaire. Clémentine a raison: les parents ne savent pas lire nos messages.

— Je monte faire mes devoirs, annonce Laurent en me lançant un clin d'oeil complice.

Je vais le suivre lorsque ma mère m'arrête:

— J'aimerais que tu fasses manger Bébé-Ange. On a des invités, ce soir. Et je suis un peu bousculée.

Grrr! J'enfourne une cuillerée de purée entre les lèvres de

Bébé-Ange. Les joues toujours pleines, elle crie:

— ... Caaare!... Care!

C'est-à-dire: encore, encore! J'obéis avant qu'elle hurle. Incroyable ce qu'elle peut bouffer! Je devrais la mettre en garde. Et passer un nouveau message à ma mère.

— Tu seras énorme plus tard,

Bébé-Ange. Et malheureuse! Car c'est terrible pour une fille...

— ... CAAARE!

— Oui, oui!... D'avoir des grosses fesses. Tu ne pourras pas t'habiller à la mode. Et tes amis riront de toi.

Ma mère ne semble pas entendre. Elle pétrit énergiquement sa pâte dans un nuage de farine. Selon moi, elle en a dans les oreilles.

— Et ta MÈRE ne comprendra pas la tragédie que tu... Bon, inutile. Fini, Bébé! A pus purée!

— Je m'en occupe, j'ai terminé, déclare ma mère. Mamie sera contente, c'est sa tarte préférée.

— Mamie!?

— Elle vient manger avec un ami, je te l'ai dit.

Ce n'est pas ce que ma mère a

dit. Mais je perdrais mon temps à la convaincre. Je ne gagne aucune discussion avec elle. Puis je dois réfléchir avant de rejoindre Laurent.

Mamie serait peut-être une meilleure alliée que lui. Elle est toujours habillée à la mode! Elle comprendra ma situation et elle me fera un cadeau. Par contre, elle ne peut pas renouveler ma garde-robe.

— PSSST! me fait signe Laurent.

Je vais le retrouver dans la salle de bains.

— J'ai déjà vidé la corbeille, chuchote-t-il.

Une montagne de linge jonche le plancher.

— J'ai pris deux taies d'oreiller. On va y mettre nos vêtements pour les transporter. Grouille, avant que Julien nous surprenne!

Je n'ai jamais vu Laurent aussi décidé. Il a dû être... traumatisé par le collant à rayures.

Nos poches de linge sur le dos, on descend l'escalier. On passe devant la cuisine comme des voleurs. Et on se précipite au sous-sol.

— Tu te rappelles les indications de Clémentine? s'inquiète Laurent.

— Il faut laver à l'eau chaude. Plus elle sera chaude, plus nos vêtements vont rapetisser.

— Et plus Julien aura de linge à porter!

On pouffe de rire tous les deux.

— Vous n'êtes pas gentils!

Vous faites des plans sans moi. Mais j'ai tout compris.

Julien est là, une poche de linge sur l'épaule. Laurent et moi, on s'interroge des yeux. Qu'est-ce qu'il a compris, le petit génie?

— Vous faites un lavage pour aider maman. Moi aussi, je veux l'aider. Je veux laver mes...

— D'accord, d'accord!

Devant le regard ahuri de Laurent, je dis:

— On n'a pas le temps de discuter. Maman peut descendre. Allez! On lave tout! Vite!

Les trois taies d'oreiller vidées, la machine est bourrée à craquer.

— Tu as oublié le savon! s'exclame Julien.

— C'est inutile, s'impatiente

Laurent.

— Il faut du savon pour laver, s'entête Julien.

Il s'empare de l'énorme boîte. Il se lève sur la pointe des pieds et déverse le détergent dans la machine. La moitié de la boîte y passe.

Pour calmer Laurent, je lui glisse à l'oreille:

— C'est encore mieux que Julien participe. Si ça tourne mal,

il pourra témoigner de notre bonne foi. Et comme ses vête-ments aussi rapetisseront, ils iront très bien à Bébé-Ange.

— Les parents n'auront pas à lui en acheter! Pas plus qu'à Julien. Une pierre deux coups! Ouais, c'est fort...

4
Sophie
s'arrête à temps...

DING! DONG! DING! DONG!

C'est Mamie! Je me précipite dans l'entrée. J'ouvre la porte et là, je reçois un choc terrible. Mamie a vieilli de trente ans.

Elle qui est toujours pétillante de couleur, elle porte une robe... brune! Et elle a les cheveux aplatis. Je ne la reconnais plus.

Elle me présente M. Amédé Crépeau. Plus ratatiné que ça, tu es vide. L'ami de Mamie est une momie, il n'y a pas d'autre mot.

Laurent reste bouche bée, l'air ahuri, devant M. Crépeau. Et quand Mamie le présente à

Julien, celui-ci répond:
— Ennn... chanté, monsieur Craaapaud.

Mes parents semblent inconscients de la situation. Ils agissent de façon normale. Mon père nous dit de rester tranquilles. Et ma mère me demande de m'occuper de Bébé-Ange.

On passe tout de suite à table parce que... le crapaud a l'habitude de manger tôt.

Mamie raconte la vie de son vieil ami. Pour me distraire, je pense au tour de magie qui se déroule au sous-sol. La machine à laver est en train de fabriquer des vêtements à Julien et à Bébé-Ange. Abracadabra!

Je me vois au magasin, essayant ce qui me fait envie. Les nouveaux jeans à taille basse! Il faudrait que je perde mon bedon. Je vais arrêter de manger...

— Sophie! Tu reviens à table

avec nous! Ta grand-mère veut nous annoncer une nouvelle.

Mamie est debout et elle lève son verre:

— Buvons à la santé d'Amédé et... à notre mariage!

Quoi? Mamie se marie! Et avec ce... fossile! Cette nouvelle me fait l'effet d'une bombe.

Powww!

On vient d'entendre une explosion! Sous le choc, personne ne réagit, sauf Julien. Il dit d'un ton effrayé:

— C'est à cause de l'abus de propreté et d'égoïsme. Et ça concerne tout le monde. Alors on a lavé le linge qui n'est pas sale. Et on n'a pas oublié le savon et il ne faut pas nous disputer. Snif!

Dans les circonstances, je trouve que Julien nous a bien défendus. Je n'ai rien à ajouter.

Mes parents veulent en savoir plus. Ils se précipitent au sous-sol, suivis de Laurent, Julien et Mamie. Je me retrouve seule avec Bébé-Ange, qui somnole. Et Amédé Crépeau... qui ronfle! Je n'en reviens pas.

— Youhou!

Il n'entend pas. Il ronfle encore. J'aurais envie de le réveiller en sursaut. Je ne le fais pas, fiou! Puis j'entends les autres revenir.

Vous savez ce qui est arrivé? Le paquet de linge a absorbé l'eau du lavage. Avec la montagne de savon, ça a fait de la pâte. La machine a forcé et son moteur a explosé.

Ma mère est sur le point d'exploser à son tour. Mais elle garde son calme pour ne pas gâcher la soirée de Mamie.

Je ne lui demande pas si les vêtements ont rapetissé. Quand on fait une bêtise, il faut s'en rendre compte et savoir s'arrêter à temps!

— Aaaah!

Le crapaud se réveille enfin!
Pauvre Mamie, elle mourra d'en-
nui si elle se marie avec lui. Elle
a déjà vieilli de trente ans. Elle
s'apprête à faire une bêtise et
elle ne s'en rend pas compte.

Je ne comprends plus rien à
Mamie...

5
Sophie
en apprend!

Ce matin, ma mère a perdu son calme. Elle avait commencé à démêler les vêtements.

J'ai remis mon collant sans regimber. D'ailleurs, il n'est pas si mal. J'ai dû maigrir, je n'ai pas mangé depuis hier. Pour calmer ma faim, je vais piquer des chips à Tanguay.

Le voilà justement avec toute la bande.

— Tu me donnes à bouffer, Nicolas?

— Euh... je n'ai rien à t'offrir.

— Tu as toujours de quoi nourrir l'école!

— Je ne mange plus de friandises.

— Tu veux maigrir, toi! Tu
n'auras plus à ouvrir les portes,
tu pourras passer dessous.

— Il ne veut pas maigrir, intervient Lapierre. Il arrête les
friandises pour faire disparaître
ses...

— Ferme-la, hurle Tanguay
en rougissant. Ou j'arrache tes
grandes oreilles.

Lapierre devient rouge aussi et
saute sur Nicolas. Je regarde Clémentine, abasourdie:

— Pourquoi se battent-ils?
Qu'est-ce que Tanguay veut faire
disparaître?

— Ses boutons dans la face!

— Quoi! Ses deux trois petits
boutons?

— Pour lui, ce sont des montagnes. Et Lapierre ne supporte pas qu'on parle de ses grandes oreilles. Il est complexé.

— Lapierre, complexé!? Je n'en reviens pas.

— Évidemment, tu ne peux pas comprendre, me jette la souris d'un ton agressif.

Qu'est-ce qu'il lui prend? Elle ne va pas me sauter dessus, j'espère! Elle fait du karaté. Puis je me demande ce qu'elle veut dire:

— Que veux-tu dire?

— Que tu es sûre de toi. Que tu n'as pas à rougir parce que tout est correct chez toi.

— Pas mes fesses! Elles...

— J'aimerais bien les avoir. Les miennes sont plates comme des râpes à fromage.

— C'est normal, pour une souris!

Ça m'a échappé! Clémentine va se fâcher, c'est certain. Ah non! Elle éclate de rire. Et moi aussi. Ça fait du bien, fiou!

— Je crois qu'on a tous peur de ne pas plaire aux autres, réfléchit Clémentine.

— Même ma grand-mère!

C'est ça! Elle a changé pour plaire à son ami. Tellement, que je ne l'ai pas reconnue.

Je raconte la soirée d'hier à Clémentine.

— Alors, si elle se marie avec le crapaud, elle voudra toujours lui plaire. Et elle ne sera plus JAMAIS elle-même! Je dois la prévenir!

— Elle ne t'écoutera pas. Ta grand-mère est sûrement aveuglée par l'amour pour marier un... crapaud. C'est à lui qu'il faut faire changer d'idée.

— Il ne m'écoutera pas plus!

— Il y aurait un autre moyen, si tu es prête à...

— Je suis prête à tout pour aider Mamie.

Clémentine m'expose son plan. Il est plus tordu que le

premier. J'en reste baba!

— Sac-à-sucre! Tu vas crever, crie Lapierre.

— Je vais te scalper, hurle Tanguay.

— Il faut intervenir avant qu'ils s'étripent, soupire Clémentine.

La souris s'élance pour séparer les deux coqs. Même si elle

fait du karaté, il faut qu'elle soit courageuse. Je vais lui dire qu'elle m'épate.

Moi, je suis contente de savoir que les autres me trouvent bien. C'est vrai que je ne suis pas mal. Quand même, je serais mieux si j'étais un peu plus maigre.

6
Le meilleur plan
de Sophie

Pour réaliser l'idée de Clémentine, j'ai encore besoin d'alliés. J'ai convoqué mes frères dans ma chambre.

— AAAHJET'AIIIIMEEEAAAH!

Mes parents écoutent un opéra. C'est une musique qui n'en finit plus! On sera tranquilles. Je ferme la porte et j'aborde aussitôt le sujet:

— Il ne faut pas que Mamie se marie. Ce serait désastreux pour elle.

— Et pour toi! s'exclame Laurent. Tu es son petit chou. Pour nous, ça ne change rien.

— On aurait une autre gardienne, dit Julien. Une étrangère sévère! Qui m'empêcherait de regarder trois fois *Tintin sur la lune*! Je n'en veux pas, mille millions de tonnerre de braise.

— C'est vrai qu'on a la vie belle avec Mamie, réfléchit Laurent. Mais comment l'empêcher de se marier?

— En jetant un sort au crapaud! Pour qu'il oublie Mamie et le mariage. Pour que tout ça disparaisse de sa tête.

— Il faudrait être magiciens, observe Laurent.

— On va le devenir, dis-je, mystérieuse.

Laurent et Julien sont subjugués. Parfait!

— D'abord, on a besoin d'une poupée de tissu. Celle-ci fera

l'affaire.

— Le professeur Tournesol! Ah non! proteste Julien. Je ne veux pas qu'on lui fasse mal.

— C'est une poupée, idiot, rigole Laurent.

Je le fusille du regard. Et je rassure Julien:

— Si on la déshabille, ce ne sera plus Tournesol, d'accord?

Julien enlève les vêtements du Professeur. Je dépose la poupée de chiffon sur le lit:

— Ensemble, il faut penser très fort qu'il s'agit d'Amédé Crépeau. Je vais lui jeter un sort en piquant la poupée avec des épingles. Vous répéterez après moi: AHUM! AHUM!

— Qu'est-ce que ça veut dire? demande Laurent.

— Rien! C'est un moyen de

nous concentrer pour augmenter notre pouvoir. Il faut y croire! Maintenant, silence! Je commence.

Je prends une épingle et je pique l'oreille gauche de la poupée:

— Amédé Crépeau! Que le souvenir de Mamie sorte de ta mémoire! AHUM! AHUM!

— AHUM! AHUM! répètent mes frères.

Je fais la même chose avec l'oreille droite. Puis avec les jambes et l'abdomen, où je pique plusieurs épingles. Je termine par la tête:

— Amédé Crépeau! Que l'idée du mariage sorte de ton esprit pour toujours! AHUM! AHUM!

— AHUM! AHUM! entonnent

mes frères.

La cérémonie est finie. Mais le silence est lourd. Il est rompu par la voix craintive de Julien:

— Il ne mourra pas, hein, Sophie? Tu n'as pas piqué le coeur?

— Non, regarde.

Je me rends compte que la poupée est une véritable pelote d'épingles. Selon moi, le coeur a été atteint. Je tranquillise quand même Julien:

— On n'a pas souhaité la mort d'Amédé Crépeau! Seulement qu'il perde un peu la mémoire. Allez dormir en paix.

J'ouvre la porte de ma chambre et...

— AAAHJEMEURRRSAAARRR...

— L'opéra est fini! Vite dans vos chambres avant que les parents montent.

Julien et Laurent s'enfuient. Fiou! Je suis contente que tout soit terminé. Je suis épuisée. C'est fati... jeter... sort... crapaud...

***

Le petit déjeuner se déroule dans le calme. Sans doute parce que c'est samedi. Mais il y a une atmosphère bizarre. Comme avant un orage. Je n'ai pas faim, même si je n'ai pas mangé depuis...

DING! DONG! DING! DONG!

— Qui ça peut-il être? maugrée mon père.

— Je vais répondre!

Je me précipite dans l'entrée, trop contente d'échapper à l'ambiance de la cuisine. J'ouvre la porte et je découvre... Mamie!

— J'ai une nouvelle à vous annoncer, me dit-elle.

Je la suis à la cuisine. Elle demande un café à ma mère. Puis elle murmure:

— Ce matin, j'ai reçu un appel du foyer où habite Amédé.

Il est mort cette nuit.

— Je suis... désolé, bredouille mon père.

Julien panique complètement:

— C'est la faute de la gardienne sévère. Et on n'en voulait pas! Alors on a pris le professeur Tournesol et on a déshabillé Amédé Crépeau. Et on l'a piqué avec des épingles. AHUM! AHUM! Pour lui jeter un sort, mais pas la mort! Et il ne faut pas nous disputer. Snif!

Dans les circonstances, je trouve que Julien nous a bien défendus. Je n'ajouterai rien parce que je... tombe... dans les pomm...

***

— Sophie! Ça va mieux? Mamie est venue me retrouver dans ma chambre. Elle doit m'en vouloir.

— Tu as subi un choc, mon petit chou? Je voulais te rassurer. C'était moche de souhaiter malheur à Amédé, mais tu ne l'as pas tué. Il était très malade. Il s'agit d'une coïncidence malheureuse.

Mamie n'est pas fâchée, je peux lui parler:

— J'ai jeté un sort à Amédé pour qu'il t'oublie, Mamie. Et que tu redeviennes toi-même.

Tu avais tellement changé pour lui!

— Pas vraiment, Sophie! Ma façon de m'habiller, le souper, le mariage, c'était l'idée d'Amédé, c'est vrai. Mais il savait qu'il allait mourir. Il était si seul. J'ai accepté pour lui faire plaisir. Je crois qu'il est mort heureux.

— Euh... C'est beau, fiou! Et je suis contente que tu n'aies pas changé. Surtout que j'ai...

Non, ce n'est pas le moment de raconter mes problèmes.

— Qu'est-ce que tu as, mon petit chou?

Devant l'intérêt de Mamie, je lui fais part de mon drame vestimentaire:

— ... Et pour entrer dans mes vieux vêtements, j'ai dû jeûner pendant deux jours.

— C'est insensé! se fâche Mamie. Voilà pourquoi tu as perdu connaissance. Et tu me reprochais d'avoir changé pour Amédé!

Elle se radoucit:

— Tu as fait pire, Sophie. Pour être à la mode, tu étais prête à tout. Non seulement à changer tes vêtements, mais également ton corps.

— Surtout mes fesses, Mamie!

Mamie me trouve drôle:

— Qu'est-ce que tu croyais? Les faire aussi disparaître par magie! En deux jours! Et puis, tu sais, personne n'est parfait. Il ne faut pas se rendre malade pour de petits défauts.

— On peut au moins s'habiller à la mode!

— C'est vrai que c'est agréable! Parfois même essentiel, comme... pour aller à l'école le lundi matin. Évidemment, il faudrait aller magasiner!

— Avec moi? Mamie! Tu vas m'acheter... Tu es sûre de vouloir magasiner aujourd'hui?

— Ça m'aidera à oublier ma peine. Oui... Mais avant, il faut manger. Autre chose que des chips! Allez, ouste! debout!

Je bondis de joie. J'ai une faim de loup! Quand je pense au temps perdu avec tous mes plans... insensés, je m'en veux.

Fini la magie!

Le meilleur plan, pour moi, ce sera toujours de parler à Mamie.

Louise Leblanc

Sophie veut vivre sa vie

Illustrations
de Marie-Louise Gay

la courte échelle

1
Sophie en a assez de la routine

Dimanche matin. Il doit me pousser des cheveux gris tellement je m'ennuie. Et l'après-midi s'annonce aussi tarte.

J'ai téléphoné à mes amis, sans succès.

Pierre Lapierre est cloué à la maison, condamné à étudier. Et Nicolas Tanguay aide ses parents, qui tiennent un dépanneur.

— J'ai besoin de refaire mes provisions de friandises, m'a-t-il dit. C'est avec ça que je vous attire comme des mouches.

Pauvre Tanguay, il n'est pas sûr de lui. Quand même, je me

demande s'il serait notre ami sans ses gourmandises. J'appelle Clémentine afin de connaître son opinion.

— Sophie, laisse le téléphone! lance mon père. Ta mère pourrait vouloir nous joindre.

— Voyons, elle est sortie pour une heure!

— Cesse de discuter et viens m'aider.

Lorsque mon père prépare le repas, la terre doit s'arrêter de tourner.

— Quand est-ce qu'on mange? grogne mon frère Laurent en entrant dans la cuisine.

— WOUIN! hurle ma petite soeur Bébé-Ange.

C'est-à-dire: «Je-veux-bouffer-tout-de-suite.» Je propose à mon père de m'en occuper. Il accepte aussitôt et confie à Laurent la corvée qu'il me réservait: couper un oignon.

— Vous cuisinez sans moi! s'exclame mon frère Julien, qui arrive à son tour. Ce n'est pas gentil! Moi aussi, je sais cuisiner.

Il s'empresse de le prouver à Laurent:

— Laisse tomber ton couteau! Il y a un appareil qui hache les légumes plus vite que son ombre, fait-il à la manière de Lucky Luke.

Bon! Je les abandonne à leur problème. Je règle le mien en donnant des biscuits à Bébé-Ange. Et je téléphone à Clémentine!

Dernière chance de sauver ma journée.

* * *

Dix-sept heures. Je peux enfin sortir! J'ai besoin d'air, fiou. Je n'ai pas sauvé ma journée. Clémentine avait un cours de karaté. Et à la maison, ça a été la routine.

Bébé-Ange a engouffré un biscuit tout rond. Elle s'est étouffée puis elle a vomi.

Grâce à la machine-plus-vite-que-son-ombre, mes frères ont liquidé le sac d'oignons. Un gaspillage que ma mère n'a pas apprécié. Comme je me plaignais de n'avoir rien à faire, elle m'a envoyée mettre de l'ordre:

— Tu as de quoi t'occuper! La seule chose qui est rangée dans ta chambre, c'est ton sac d'école.

Je me suis enfoncée dans la déprime.

— Salut, Sophie! Tu t'es échappée de ta tribu, se moque quelqu'un derrière moi.

Nicolas Tanguay! Il ne viendra pas me narguer, lui.

— Pour avoir la paix! Alors écrase, Nicolas-le-chocolat!

— Tu te fais parler, Tanguay!

J'aperçois un garçon impressionnant! Il a au moins treize ans, des yeux... magnétiques et...

Bipbip! Bipbip!

Et un téléphone cellulaire! Fiou!

Il répond et s'en va à l'écart. Nicolas lève un pouce pour me signifier que ce type est un as!

Je me demande comment un tel garçon peut être l'ami de Tanguay.

Il doit vraiment aimer les friandises!

Sophie veut vivre sa vie

2
Sophie balaie
les obstacles

Il se nomme Patrick. C'est tout ce que j'ai appris sur l'ami de Nicolas Tanguay. Je brûle d'en savoir plus à son sujet. Le cours de maths me semble encore plus ennuyant que d'habitude.

Madame Cantaloup se tourne pour écrire un problème au tableau. Aussitôt, Nicolas me fait un signe! Puis il lance une boulette en disant:

— Message important pour Sophie.

La boulette atterrit chez Clémentine, qui la garde! Non mais, de quoi elle se mêle!

— C'est pour moi, tu n'as pas entendu?

— Très bien, répond Mme Cantaloup en pivotant. Et, puisqu'il s'agit d'une missive importante, j'autorise Clémentine à la lire.

Scandaleux! Ce billet ne regarde pas les autres. C'est... une atteinte à ma vie privée.

— *«Il faut que je te parle»*, révèle Clémentine à toute la classe.

Fiou! Rien d'intéressant pour la Cantaloup.

— Un message important, en effet, dit-elle. Mais il est adressé à la mauvaise personne. Clémentine, va le porter à Nicolas de ma part.

* * *

À la récréation, j'apostrophe Clémentine:

— Tout pour plaire au prof, hein!

— Je ne pouvais pas faire autrement, se défend la p'tite parfaite.

— Tu es injuste avec Clémentine, intervient Lapierre. Elle a gardé le message pour t'éviter des ennuis.

— Elle n'avait pas à décider pour moi.

— Ouais! approuve Nicolas. Il y a assez de l'autorité des adultes. Il faut savoir s'affirmer. Tu viens, Sophie? Je ne tiens pas à ce que toute la classe apprenne ce que j'ai à te dire.

Je ne reconnais plus Tanguay. Il est transformé.

— Grâce à Patrick, me confie-t-il.

— Alors, il est vraiment ton ami!?

— Le meilleur! Il m'a fait comprendre que j'étais quelqu'un. Sauf que je ne le savais pas.

— Comment il l'a su, lui?

— En m'observant! Il est client au dépanneur. Il a vu que mes parents... mettaient un frein à ma personnalité. Il a l'oeil! Toi, par exemple...

— Il t'a parlé de moi!!!!

— Il te trouve formidable. Une fille qui a du caractère, qui doit aimer l'action.

— Tout à fait ça! Mmm, il est fort.

— Tu serais le genre à faire partie de sa bande. Je peux te proposer, si tu veux.

— Certain!

— Sûre? Parce que la bande de Patrick, c'est plus sérieux que notre groupe de minables. Pour devenir membre, il faut payer dix dollars! On a de grands projets.

Dix dollars... Au fond, ce n'est pas cher pour mettre de l'action dans ma vie.

* * *

Le trajet vers la maison me paraît interminable. Je n'ai qu'une

hâte: vérifier combien j'ai d'argent dans mon cochon.

Plus qu'un arrêt. J'avertis mes frères, assis à l'arrière de l'autobus, et je me prépare à sortir.

— Si tu m'invites, je pourrai t'aider en maths, me propose Clémentine.

Je la vois venir! Elle s'attend à ce que je lui fasse des confidences.

— Je descends aussi, dit Lapierre. Après l'étude, on jouera au ballon.

— Pourquoi pas à la marelle, blague Nicolas.

— Ne tire pas trop sur l'élastique, il pourrait t'éclater dans la face, le menace Lapierre.

Nicolas se renfrogne. Il a changé, mais pas au point d'affronter Lapierre en colère.

Je quitte l'autobus en pensant que l'amitié entre nous est usée comme un vieil élastique. Et que notre bande est sur le point d'éclater.

Laurent et Julien me rejoignent et me bousculent au passage:

— Dernière arrivée, privée de goûter!

Ce qu'ils peuvent être bébés! J'ai autre chose en tête que de bouffer des biscuits. J'entre et je file à travers la cuisine sans...

— Alors, Sophie! On ne dit plus bonjour?

— Ah! Mamie, tu es là! Oui, euh... bonjour.

— Tu sembles préoccupée, toi.

— J'ai une tonne de devoirs à faire, lui dis-je pour couper court à son enquête.

Je me connais, j'aurais fini par tout lui raconter. Je l'aime bien, Mamie. Elle m'a souvent aidée. Mais je ne peux pas toujours rester sous ses jupes. Je dois vivre ma vie, c'est vrai!

En entrant dans ma chambre, je lance mon sac par terre et je vide mon cochon... Six dollars et quarante sous. C'est tout! Ah! Je me souviens. J'ai pigé dans ma réserve pour acheter le disque du groupe Azazou. Grrr!

* * *

Je trempe un biscuit dans mon verre de lait en brassant des idées noires. On ne va pas loin sans argent. Même si j'en avais, il n'est pas dit que Patrick voudrait de moi. Je suis condamnée à ma petite routine.

Je prends un autre biscuit.

— Ça suffit, Sophie! intervient ma mère. Tu n'auras plus faim au repas.

— Je n'ai déjà pas faim. Je mange des biscuits pour passer le temps.

— Je savais que tu n'étais pas dans ton assiette, mon p'tit chou, me dit Mamie.

Me faire appeler ainsi me donne le coup de grâce. J'ai l'impression de retomber en enfance.

Plus bébé, tu te remets à la tétine.

— Sophie! Tu entends? demande ma mère. Téléphone pour toi! Laurent a répondu au...

Je me précipite au sous-sol.

— Tanguay, m'informe Laurent.

Je prends l'appareil et je fais signe à mon frère de déguerpir. Il s'incruste. Grrr!

— Allô, Nicolas!... Ah oui? Patrick a accepté?... Une réunion après l'école? Je vais m'arranger pour y aller. Et j'aurai l'argent... O.K. Salut!

Je suis excitée! Demain, je ferai partie de la bande de Patrick. À la condition de bien manoeuvrer.

D'abord, je préviens Laurent:

— Oublie Tanguay, c'est Clémentine qui vient d'appeler. Si tu t'avises de...

— Le silence contre ton disque des Azazou.

AAAH! Je n'en reviens pas! Mais je me résigne...

Je monte à la cuisine en répétant mon premier mensonge: «Clémentine m'a offert son aide en maths, demain après l'école. Clémen...»

Ma mère donne son accord sans hésiter:

— Avec Clémentine, je sais que tu étudieras.

Je jubile intérieurement.

Je déchante aussitôt en constatant que:

— Mamie est partie!!!

— Pourquoi t'énerver? Elle est dans le salon.

Je vais la rejoindre en répétant mon autre boniment: «C'est vrai que je suis déprimée, Mamie. J'aurais envie d'écouter de la bonne musique.»

— J'achèterais un disque des Azazou. Mais il me manque... euh, dix dollars!

— Hmm, réfléchit Mamie, la bonne musique n'a pas de prix. Et je pourrai l'écouter aussi.

J'ai été inspirée de choisir un

disque que je possédais déjà. Incroyable comme c'est facile de
berner les adultes.

Mes problèmes réglés, je me
laisse un peu aller. Je me blottis
contre Mamie.

Quand même, je me sens bien
dans ses bras. Ce n'est pas si facile de couper... définitivement le
cordon ombilical.

3
Sophie découvre
un nouveau monde

La rencontre a lieu chez Marco Sigouin, un petit qui a toujours l'air perdu. J'exprime mon étonnement à Tanguay:

— Patrick l'a pris dans sa bande!?

— Il a vu que Marco avait du potentiel! Il est même devenu un membre important. On se réunit chez lui. Ses parents n'arrivent pas avant dix-huit heures, et on peut s'éclater!

Je constate que Tanguay dit vrai en entrant chez Marco. Une horde de jeunes s'agite sur une musique infernale. Elle s'arrête d'un coup.

Patrick vient vers nous et s'exclame:

— Pour Sophie! Hiphiphop! Yo!

— Hiphiphop! Yo! hurlent les autres.

À les regarder, je reçois un choc! J'ai l'impression d'être un âne parmi des zèbres. Certains ont des tatouages; d'autres les cheveux teints ou des anneaux passés dans le nez, les lèvres, les sourcils.

Je me sens insignifiante!

— Ne t'en fais pas, me rassure Patrick, qui a remarqué mon trouble. Ici, on est libre de son «look». Hein, Tanguay?

Tout le monde s'esclaffe. Nicolas se transforme en cerise et bredouille:

— Mes parents ne le prendraient pas, à cause de la clientèle au dépanneur.

— À propos, murmure Patrick, tu as pensé à...

— Pour ça, tu me connais! se réjouit Nicolas.

Il fouille dans son sac et en sort une cartouche de cigarettes! Patrick lève un pouce en signe d'admiration et se tourne vers moi.

Ses yeux magnétiques semblent me lancer un message. Mon dix dollars! Comme une idiote, j'allais l'oublier. Je le donne à Patrick, qui brandit l'argent:

— Je ne m'étais pas trompé sur Sophie! Toute une acquisition pour la bande. Elle est la première à investir dans notre nouveau projet.

Les autres le pressent de questions. Il laisse durer le suspense en allumant une cigarette.

Sophie veut vivre sa vie

— Le concert géant... des ROCKAMORT!

C'est la folie dans le sous-sol! Seul le petit Marco ne semble pas emballé. Il maugrée:

— On devait aller voir les Azazou. Moi, j'aime mieux les Azazou, bon.

Je vais l'approuver lorsque Patrick répond:

— Leur musique, c'est de la purée pour bébé à côté de celle des Rockamort!

Toute la bande l'appuie. Heureusement que je n'ai rien dit, j'aurais eu l'air d'une nouille.

— Évidemment, les billets sont plus chers, enchaîne Patrick. On doit renflouer la cagnotte. Moi, je vais y investir un cinquante!

Nouveau délire, qu'il tempère d'un geste:

— Si vous voulez faire votre part, j'ai ce qu'il faut ici, dit-il en déballant une petite boîte.

Je m'informe auprès de Tanguay:

— De quoi s'agit-il?

— Des billets pour une oeuvre de charité. On touche un pourcentage sur la vente.

— Tu en prends?

— Non, je tire un meilleur profit de mes friandises et de mes cigarettes à l'unité.

Si je veux garder ma réputation, je dois surpasser les autres. Je demande deux carnets à Patrick! Il lève un pouce. Fiou!

La distribution terminée, il propose de nous chanter le dernier rap qu'il a composé. Il paraît qu'il doit enregistrer un disque. Vous vous rendez compte!

Nous sommes les premiers à l'entendre...

Hip! Hop! Yo! Ta vie c'est ton affaire, t'en fais ce que tu veux. Bouge de là! Bouge de là! Fais ta révolution, fais ton évolution. Si t'es pas toi, Yo! tu seras qui, Yo? Ta vie c'est ton affaire, ah oui c'est ton affaire!

Je suis époustouflée.

Bipbip! Bipbip!

Grrr, le téléphone cellulaire de Patrick. Il répond et raccroche presque aussitôt:

— Désolé, je dois partir. Et... on ne pourra pas se revoir avant quinze jours.

Les protestations fusent.

— On ira acheter les billets des Rockamort, dit-il pour calmer le tollé. D'ici là, rappelez-vous la loi du groupe: le silence. Sinon les adultes mettront leur nez dans nos projets. Hiphiphop! Yo!

HipHipHop! Yo! hurle la bande. Moi, plus fort que les autres.

* * *

J'ai amplement le temps de vendre mes billets d'ici quinze jours. Le problème urgent auquel je dois m'attaquer, c'est mon «look»!

En arrivant à la maison, je dis à ma mère:

— Je monte étudier.

— Encore! s'étonne-t-elle. Clémentine a vraiment une bonne influence sur toi!

J'avais oublié la p'tite parfaite! Elle me semble si loin. Comme si j'étais passée dans un autre monde. Il faudra que je me surveille.

Je ferme la porte de ma chambre pour procéder à ma transformation.

J'enfile trois t-shirts disparates et un vieux jean de ma mère, dans lequel je me perds. Je lui ai aussi chipé des boucles d'oreilles, que je suspends à mon nez. Avec le gel coiffant de mon père, je sculpte mes cheveux en pointes.

Je vais leur en jeter plein la vue à la prochaine réunion. Yo!

Je mets la cassette que Nicolas m'a prêtée. La musique des Rockamort éclate en un orage électrique. Je suis entraînée malgré moi, tout mon corps s'agite.

— Dabdoubadabong! Tapbe-
dongbidouyo!

Julien arrive en trombe dans ma
chambre. Il est suivi de Laurent
et de ma mère; puis de mon père

avec Bébé-Ange, dont il protège les oreilles. J'arrête la musique au moment où ma mère crie:

— Tu es devenue folle!

Moi-même sous le choc, je bredouille:

— Quuuoi? Je... développe ma personnalité.

— Tu vas la faire disparaître sous la douche et redevenir humaine, me conseille mon père.

— C'est vrai, tu as l'air d'un singe, dit Laurent.

— D'un ouistiti, précise Julien.

— Banannn! s'exclame Bébé-Ange.

Devant l'incompréhension générale de ma famille, je file dans la salle de bains.

Après avoir pris ma douche, je retrouve mes esprits. Il est clair que mes parents mettent un frein à mon épanouissement.

* * *

Ce matin, je conte mes déboires à Nicolas.

— Tu as parlé de nos projets? s'inquiète-t-il.

— Pour qui me prends-tu? J'ai respecté la loi du silence! J'ai bien envie de téléphoner à Patrick pour le lui dire. Tu as son numéro?

— Il ne le donne pas, sinon il serait toujours dérangé. Bon, à plus tard. Je vais vendre mes cigarettes dans la cour des grands.

Il me plante là alors que les autres s'amènent.

— Qu'est-ce que vous complotez? demande Clémentine de sa voix de souris fouineuse.

— Plus moyen d'attraper Tanguay, il se déguise en courant d'air, ronchonne Lapierre.

— Ça t'embête qu'il sorte de ton ombre? Il a envie d'aller voir ailleurs s'il y est! Puis dans la vie, il y a autre chose que l'école ou... le karaté!

Et toc! la p'tite parfaite!

— Quoi donc, par exemple? s'informe-t-elle.

Prise au dépourvu, je réponds:

— Je ne sais pas, moi, de... nouveaux défis!

— Si tu étais plus précise, insiste Clémentine.

— On pourrait être intéressés, dit Lapierre.

Si je ne sors rien, j'aurai l'air d'une idiote. D'un autre côté, je ne peux pas parler. Mais oui! Je n'ai pas à tout déballer, juste...

— Mon défi actuel est de vendre des billets pour un organisme de charité.

Croyez-le ou non, je réussis à leur filer chacun un ticket. Yo!

4
Sophie affronte la réalité

En quinze jours, je n'ai pas vendu d'autres billets. Impossible de les écouler dans ma famille sans me trahir. Et à l'école, Tanguay occupe la place en soldant ses friandises.

Je lui ai demandé comment s'y prenaient les membres de la bande.

— Ils suivent le conseil de Patrick: faire du porte-à-porte dans un grand immeuble.

Rien que d'y penser, j'en frémissais: aller frapper chez des inconnus, seule! L'angoisse.

Mais je ne peux plus reculer, la réunion a lieu demain. J'entends

Patrick: «Une fille qui aime l'action. Toute une acquisition pour la bande. Fais ta révolution, bouge de là!»

Sans plus réfléchir, je dis à ma mère que je vais faire une petite promenade et je sors.

Une fois à l'extérieur, je ne marche pas, je cours! Et j'entre dans le premier édifice venu.

Le coeur battant, je m'approche d'une porte et je sonne. Aucune réponse. Fiou!

J'avance dans le corridor, sombre et étroit. À la porte suivante, mon doigt tremble tellement que je presse la sonnette à répétition. Aaah! Quelqu'un ouvre. Un homme, qui m'abreuve de bêtises puis me claque la porte au nez.

Bouge de là! Bouge de là!

— Que se passe-t-il ici?

Une vieille dame est sortie et me fait signe. D'un pas hésitant, je la rejoins. Je baragouine quelques mots au sujet des billets de charité.

— Entre, fait-elle en me tirant.

Ses doigts crochus serrent mon bras de plus en plus fort. Alors, toute la peur que je retenais explose! Je m'arrache à elle, je m'élance dans le corridor et je jaillis de l'immeuble telle une fusée.

Je ne retrouve mon calme qu'une fois atterrie dans ma chambre. Mais je me sens piteuse. Comme si le regard magnétique de Patrick était posé sur moi.

Pour faire ma part, il ne me reste qu'une solution. Acheter

Sophie veut vivre sa vie

moi-même des billets avec les six dollars de mon cochon.

* * *

Toute la bande est là, sauf Patrick. Il règne une sorte de malaise. Au fond, personne ne se connaît vraiment. À part Nicolas et Marco, je...

— Hiphiphop! Yo!

Voilà Patrick! Le sous-sol s'anime aussitôt. Les autres l'entourent. Le chahutent, même, pour remettre leurs gains.

Avec appréhension, je lui confie mon petit magot. Aucune remarque de sa part. Quand je pense à tout le mal que je me suis donné!

Au milieu de la mêlée, un jeune s'exclame:

— Allons réserver nos places pour le concert!

— Impossible, je dois quitter, dit Patrick, qui semble nerveux. Puis on n'a pas assez d'argent. Allez! Chacun fournit un dernier effort, et on se revoit dans cinq jours! Hiphip...

Bipbip! Le téléphone cellulaire interrompt son cri de ralliement. Patrick répond en levant un pouce vers nous, et il s'en va.

L'ambiance se détériore rapidement. Quelques jeunes partent. D'autres proposent de mettre un disque. Mais le coeur n'y est pas.

Quand je me retrouve seule avec Tanguay, je me défoule:

— Si on n'a pas assez d'argent pour aller voir les Rockamort, on fera autre chose! Patrick exagère. Il nous promet de l'action et il se défile. C'était ennuyant, cette réunion!

Le temps d'un éclair, j'ai une pensée pour mes anciens amis. C'est bizarre, je me suis tellement éloignée d'eux...

— Ce qui m'ennuie surtout, c'est de ne plus avoir de friandises à manger, avoue Nicolas.

On s'expliquera avec Patrick la prochaine fois.

— Je n'irai pas. Je ne peux pas toujours faire croire à ma mère que je suis chez Clémentine.

— Je t'avais prévenue que ce n'était pas pour les enfants d'école, m'envoie Nicolas.

Il peut se compter chanceux que je sois arrivée chez moi, sinon... Quoi? Que lui aurais-je répliqué?

Je ne sais plus quoi penser de tout ça. Patrick, sa bande, ses projets. On dirait même que je ne sais plus qui je suis. C'est terrible. Si je ne suis pas moi, je serai qui?

Plongée dans ma réflexion, j'ouvre la porte. Laurent surgit en gesticulant. Je n'ai pas la tête à décoder ses singeries.

— Te voilà, dit ma mère avec un drôle d'air.

Elle fait signe à Laurent de s'éloigner. Il s'est passé quelque chose, c'est certain.

— Clémentine a téléphoné.

AÏE! Je retombe vite dans la réalité.

— Elle trouve que tu as changé. Et moi aussi, Sophie. Qu'est-ce qui ne va pas? Est-ce que...

Je laisse ma mère supposer mille soucis. À des années-lumière de ce que j'ai vécu. Et j'attends la question atomique: «Où étais-tu?»

— Parler te ferait du bien! Mais je ne veux pas te tordre le bras.

Ma mère en a terminé. Incrédule, je monte dans ma chambre sans n'y rien comprendre.

Laurent m'attendait et il éclaircit le mystère.

— Quand Clémentine a téléphoné, j'ai répondu au sous-sol. J'ai pu la prévenir que tu étudiais avec elle avant que maman décroche.

Je n'aurais jamais cru Laurent si formidable.

— Ce ne sera pas toujours possible de te couvrir. Arrête tes folies, ma vieille.

À un autre moment, je l'aurais envoyé promener. Mais là, je

pense comme lui. Tout ce que j'ai fait me semble soudain énorme: risques, dangers, mensonges, dépenses.

Je ne peux pas aller plus loin sans avoir à affronter de gros problèmes. Je viens d'en éviter un de justesse! Et c'est grâce à Laurent et à... Clémentine, je dois le dire.

5
Sophie brise
la loi du silence

Clémentine est seule. Elle feuillette un livre, appuyée contre le mur de l'école. La p'tite parfaite va me servir une leçon, c'est certain.

Ah... non! Elle ne fait même pas un plat de son silence. Elle trouve normale sa complicité:

— J'ai dit à ta mère: «Je vous appelle afin de vous prévenir que Sophie vient de partir.»

Elle rigole de son audace. Je ris avec elle. Ça fait du bien, fiou! Et je suis épatée par... mon amie.

— Personne d'autre n'aurait

Sophie veut vivre sa vie

réagi comme toi. Tu es vraiment... parfaite.

Elle rougit de plaisir. Tiens! Voilà Lapierre. Il est rouge aussi, mais de colère!

— Tu nous as escroqués, rugit-il, nous, tes amis! Et tu as empoché notre argent.

Il me lance à la figure le billet que je lui ai vendu! Il s'approche, menaçant, épeurant.

Clémentine bondit en une action de karaté.

— Respire par le nez, Lapierre, ça oxygène le cerveau. Tu t'en serviras pour t'expliquer...

* * *

Lapierre répète son explication à toute la bande réunie chez Marco.

— Vos billets de charité étaient faux. Selon les informations télévisées, ils viennent d'un réseau de petits voleurs bien organisé.

Je pense au téléphone cellulaire de Patrick.

— Ils embobinent des enfants en les faisant rêver. Puis ils les utilisent pour leur sale trafic.

Quand j'ai su la vérité, je suis devenue enragée aussi. La loi du silence a pris le bord! Patrick allait voir QUI j'étais, YO!

J'ai décidé de le démasquer. De prévenir les autres avec l'aide de mes amis.

— Patrick ne viendra pas, prédit Clémentine. Le réseau est sur le point d'être découvert.

— Voilà pourquoi il était nerveux l'autre jour.

C'est la consternation dans le sous-sol.

— Il viendra, s'entête Nicolas.

Il est si déçu qu'il n'arrive pas à accepter la réalité. Néanmoins, on décide d'attendre.

Clémentine se prépare en exécutant des mouvements de karaté. Les plus vieux sortent leur frustration. Lapierre va rejoindre

Nicolas, qui se goinfre de friandises! C'est bon signe.

Tel que prévu, Patrick ne se montre pas. Et personne ne sait où le retracer. On se résout à admettre qu'il faut essayer de l'oublier. Mais on jure tous de ne plus jamais se faire prendre.

À notre départ, le petit Marco pleurniche:

— Je vais encore me retrouver tout seul.

Je promets de lui présenter un ami, un garçon extraordinaire: mon frère Laurent.

* * *

— Bon! Je vais m'en occuper de ton petit Marco, dit Laurent après s'être fait tirer l'oreille.

J'étais sûre qu'il accepterait. Il

adore se sentir important. Évidemment, je lui ai tout raconté, en lui faisant jurer de garder le secret.

C'est à moi de mettre mes parents au courant.

Le mieux serait de passer par Mamie.

— Tu t'es montrée bien imprudente, Sophie. Mais ce gredin t'a fait évoluer malgré lui. Il t'aura appris qui sont tes vrais amis... et qu'il faut se méfier des beaux parleurs.

Je me blottis contre Mamie. Je commence à me détendre lorsque Julien arrive en furie:

— Tu n'es pas gentille! Tu ne me confies jamais rien! Moi aussi, je veux aider le petit garçon abandonné dans un sous-sol.

Grrr! Laurent a fait son important avec Julien. Autant dire

que les parents savent déjà tout.
Je dois me préparer à être sous
surveillance pour un bon bout de
temps!

Au fond, ce n'est pas si terrible.
En ce moment, j'ai vraiment besoin de calme dans ma vie.

Sophie, volume 3

Table des matières

Découvrez les autres séries de la courte échelle

Hors collection Premier Roman

Série Adam Chevalier :
Adam Chevalier

Série Babouche :
Babouche

Série Clémentine :
Clémentine

Série Fred :
Fred, volume 1

Série FX Bellavance :
FX Bellavance, volume 1

Série Les jumeaux Bulle :
Les jumeaux Bulle, volume 1
Les jumeaux Bulle, volume 2

Série Marcus :
Marcus

Série Marilou Polaire :
Marilou Polaire, volume 1
Marilou Polaire, volume 2

Série Méli Mélo :
Méli Mélo, volume 1

Série Nazaire :
Nazaire

Série Pitchounette :
Pitchounette

Série Sophie :
Sophie, volume 1
Sophie, volume 2

Hors collection Roman Jeunesse

Série Andréa-Maria et Arthur :
Andréa-Maria et Arthur, volume 1
Andréa-Maria et Arthur, volume 2

Série Ani Croche :
Ani Croche, volume 1
Ani Croche, volume 2

Série Catherine et Stéphanie :
Catherine et Stéphanie, volume 1
Catherine et Stéphanie, volume 2

Série Germain :
Germain

Série Maxime :
Maxime, volume 1

Série Mélanie Lapierre :
Mélanie Lapierre

Série Notdog :
Notdog, volume 1
Notdog, volume 2
Notdog, volume 3
Notdog, volume 4
Notdog, volume 5

Série Rosalie :
Rosalie, volume 1
Rosalie, volume 2